Rebilius Crūsō

or Robinson Crusoe, in Latin

Daniel Defoe *scrīpsit*

Francis William Newman *in Latīnam vertit*

Garrett Dome *et* Zachary Sowerby *ēdidērunt*

Naufragātīs

Index Capitum

Daniel Defoe (1660 – 1731)

This book was composed when the writer was a Professor of Latin, as part of a larger scheme. He has long been convinced that the mode of teaching Latin has become less and less effective in proportion as it has been made more and more scientific. The effort has been general to confine the pupil to the most elaborate styles and the most approved classics, and the exercise of memory has been superseded by minute accuracy in the study of very limited pieces. In the natural mode we have enormous endless repetition and much learning of the names of things. We begin with short sentences and a very limited number of verbs; and we learn with the least possible number of *rules.* If we could talk in Latin, that would be of all best; but as we cannot get exercise in talking it for practical needs, no teacher can hope to gain adequate readiness and facility: or if a few might, yet this could not be counted on in any general system. It has long been my conviction that we ought to seek to learn a language *first,* and study its characteristic literature *afterward.* Greek and Latin literature plunge us into numerous difficulties all at once, inasmuch as their politics, their history, their geography and their religion are all strange to the young student. To take difficulties one by one is obvious wisdom; and with a view to this I elaborately maintained in an article of the *Museum* (No. iv., Jan., 1862, Edinburgh) that we ought to teach by *modern* Latin. As parts of such a system I have executed and published a Latin "Hiawatha," and Latin Verse

Translations of many small pieces of English poetry. If I could write Latin conversations *that would interest learners,* I should gladly have undertaken this: but when I tried, I could not invent matter that seemed interesting enough. This indeed is my objection to Erasmus's "Colloquies," which also are not easy enough in idiom to satisfy me. This "Robinson Crusoe" I thought I could make very interesting, and it includes a far greater variety of vocabulary than can be obtained from any of our received classics of the same length. I hope also the style is easy.

I surely need not apologize for taking only the general idea from Defoe. His tale is far too diffuse, too full of moralizing and with too little variety. He was very ignorant of the Botany and Zoology of the tropics, and when his tale is faithfully abridged, its impossibilities become too glaring. The Arabic "Robinson Crusoe" published by the Church Missionary Society cuts down Defoe's story unmercifully.

I am indebted to my former colleague, the late Professor T. Hewitt Key, for the translation of Robinson into the name *Rebilius.* He also approved of *ignipulta* for a gun, not as strictly grammatical, but as good enough to pass with Latins who were familiar with the word *catapulta.* From him also I adopted *cannōnēs,* for cannons, and *pistola* a pistol. The word *canna,* a cane (or hollow tube), seems to be the root of *cañón,* a tube or cannon, in Spanish, whence the American cannon for a tunnel, or larger tube.

After I had executed my own Rebilius (finally completed in 1861), I learned that a Frenchman, Goffaux, had published a "Robinson Crusoe" in Latin and French. On discovering this, I stopped the printing which I had begun, and after some delay succeeded in getting the book. But on perusing it I found his principles of remodelling the tale to be fundamentally the opposite of mine, concerning which I need not enlarge. I like his Latin, yet do not think his book supersedes mine. But if teachers can practically use his with advantage, I shall be well satisfied.

I wish here to renew my protest, that no accuracy of reading small portions of Latin will ever be so effective as extensive reading; and to make extensive reading possible to the many, the style ought to be very easy and the matter attractive. To enable us to talk, we ought to have a vocabulary that includes all familiar objects,— which the Classics of our schools cannot give us. Terence, though somewhat too difficult, would have great excellencies for the learner; but the substance of his plays is low, and eminently unedifying.

In the near future, *some* universal tongue will be sought for by the educated. If Latin be still learned in England, France, Italy, Germany, Hungary, Spain, this is still, as three centuries ago, the best for all Christendom. But perhaps even Latin will be beaten out of the schools.

It may be well to remark, that inasmuch as the grave accent has been very widely used in school books as indicative of *an adverb,* I adopt the mark in this sense; and think it no objection to say that the Latins never so used it. Neither had they our stops. We do not pretend to follow their writing in detail. We usefully distinguish the vowels *u, i* from the consonants *v, j;* they did not. What should we gain, by writing the *Iliad* as its author wrote it? So too, I think it well occasionally to add long or short marks, as *ēgēre ĕgĕre ēgĕre, vēnēre vĕnĕre, lătēre lătĕre lātere,* to obviate ambiguity. Nay I write *fluctûs* for gen. sing., *fluctūs* for plural, but *fluctus* for nomin. sing. When *et* means "both" or "even," I set an acute accent over it, not doubting that it then received some emphasis.

iii

I also borrow from the marks used in Hebrew an *under-parenthesis* for coupling words that are in grammatical union. This mark is often very effective in explaining the structure of complicated Greek sentences.[1]

Francis William Newman

---

[1] The editors of this volume do not follow Newman's scheme as here described.

Caput Prīmum

Nātus sum ego Eborācī, ex bonā familiā, sed peregrīnā: quippe pater meus Germānus fuit ē Brēmā, ubi appellābātur Kreutznaer. Cēterum per mercātūram dīves factus, Eborācī cōnsēdit, unde recēpit in connūbium mātrem meam. Ex hujus agnātīs praenōmen mihi Rebilius, ex patre nōmen Kreutznaer inditum est. Sed vulgus hominum, facilī corruptēlā, Crūsōnem mē Rebilium appellābat. Tertius eram fīlius familiae. Frāter maximus, tribūnus mīlitum, cum Hispānīs proeliō congressus, ad Dunquercam occubuit. Frāter proximus, sīcut ego quoque posteā, incertum quōmodo, ēvānuit. Mē quidem pater, dīligenter īnstitūtum, jūris lēgumque studiīs dēstinābat: sed, fātālī quōdam mōtū, nihil mihi arrīdēbat, nisi ut marī oberrārem.

Prīmā in juventā clam patrem ēvāsī nauta. Cursū mox fēlīcī cum magistrō nāvis hūmānissimō ad Guineam Āfricae nāvigāvī. Alterō in cursū ā Maurīs pīrātīs captus sum, et per quattuor ferē annōs dūram servīvī servitūtem. Inde mīrāculō audāciae ēlāpsus, in Lūsitānā quādam nāve ad Brazīliam sum dēvectus, ubi colōnō cuidam trēs amplius annōs strēnuam operam nāvāvī, praefectus servōrum agrestium. Mox per hunc amīcōsque hujus adductus sum, ut ad Guineam nāvigārem, hominēs nigrītās conquīsītūrus, quōs ipsī inter sē per sua praedia servitūtis causā dīviderent. Equidem magnam lucrī partem eram dērīvātūrus.

Sed longē aliter ōrdināvit Deus, nē impūnē caecae cupiditātī obsequerer. Nempe ventīs abrepta nāvis Ōceanum trānsīre nequībat, sed longē ad Caurum dēvehitur, circā Orinocōnis ōstia, ut crēdēbāmus. Altera mox superveniēns procella magnō impetū nōs in Occidentem prōpulit, ubi, sī ē marī effugerēmus, per ferōs hominēs foret pereundum.

Gravī impendente perīculō, nocte intempestā et saeviente adhūc ventō, nauta quī erat in vigiliā "terram adesse" exclāmāvit; atque, anteā quam cēterī experrēctī superne congregāmur, nāvis in arēnīs haeret. Statim cum strepitū tremendō corruunt mālī eōrumque armāmenta. Flūctūs magnā vī forōs prōluēbant, neque ipsae nāvis compāgēs diū tolerātūrae vidēbantur. Magister scapham dēmittī jubet. Dēmittitur: nec facile id quidem. Rēs, quae maximē ad vītam sunt necessāriae, raptim ingeruntur; tum nōs ipsī, tredecim virī, in eandem dēscendimus. Montōsum lītus inter sublūstrem cālīginem furvum appārēbat: eō rēmigāmus, sī quā forte in sinū terrae reductō tranquilliōre marī ūtāmur. Jam, violenter undante salō et circum nōs sē frangente, rēs nōn nauticae perītiae sed dīvīnae opis vidēbātur: quārē inter rēmigandum sē quisque Deō Suprēmō, pius impiusve, commendābat, salūte paene dēspērātā. Ventus, ad terram prōpellēns, cursum scaphae accelerābat, terram faciēbat formīdolōsiōrem; metū autem maris, spē lītoris, ipsī nōsmet quasi in certissimum exitium dētrūdēbāmus. Tandem, vadōsiōre marī, flūctūs perniciōsius circumfringī et dējectārī scapha. Mox, ecce crista undae ingēns, quae nōs persequitur; et vix DEĪ effāmur nōmen, quum cūnctī sumus absorptī.

Quae sequēbantur, longa fortasse ēnārrātū, factū erant brevissima. Profundius sēnsī mē verbere flūctūs illīus dēprimī, sed, animā fortiter compressā, ad summās aquās ēmersī tandem. Alterō in flūctū spūmante implicātus atque violenter circumtortus, immēnsum anhēlāns ēluctor; tum conversus, humerōs meōs succēdentī oppōnō cristae. Ea mē magnā vī cautem versus prōjēcit, aquā exstantem: hanc ego amplexus, adhaereō, dum dēcurrit unda;

tunc, priusquam novus superveniat flūctus, per vada exsiliēns scandō, iterumque amplector cautem; simul, aestū paulisper obruor. Ictus ejus mē asperē quassābat, sed extemplō āera animamque recēpī, et rūrsus per vada supergredior. Citrā saxa undās longē minus ingentēs sēnsī, inter quās poteram natāre, aegrē profectō. Mox lītore ipsō prōjectus, uncīs pedibus in sabulōnem lapillōsque inculcātīs, prōnus dēcidō, ut nē mē flūctus retrahat. Ūnō post temporis mōmentō in terrā firmā astō. Conversus, videō praeter lītus cautium seriem, inter albicantēs aquās nigrārum; nihil aliud per tenebrās in marī dispiciō, neque scapham neque quemquam ē sodālibus.

Tamen haud valdē cālīginōsa erat nox. Ingentēs aliquot nūbēs, et plūrimae nūbēculae, sībilante ventō raptābantur: inter hās clārissima lūcēbant sīdera ē nigerrimō caelō. Respiciēns ad terram, collium dumtaxat cernō līneāmenta ac rūpium. Tum vestīmenta raptim dētracta manibus contorqueō, et, quoad possum, aquam marīnam exprimō. Eadem rūrsus induor, (quid aliud facerem?) et rūpem proximam per algās ēnīsus ascendō; frūstrā: nam nē inde quidem in marī quidquam discernī potest.

Attamen arboris fōrma super colle exstat. Hanc sequor, et, ut potissimum in cālīgine, arborem illam scandō et rāmōs amplexus interfūsusque mē repōnō. Vestīmentōrum in loculīs nihil habuī, praeter cultellum, tabācī aliquantum et tubulum fūmārium. Post brevem requiem assurgēns, virgam grandiusculam amputō, quā prōtegam mē aliquātenus. Aquā marīnā largius īnsorptā, tamen neque sitis neque famis aderat mihi levāmen. Sed, locō cibī, tabācī folium in ōs meum compōnō, implicātāque rāmīs virgā, membra mea ita dispōnō, ut nē dēcidam, sī somnō capiar. Vespertīliōnēs, et maximī illī quidem, strīdōribus ac volātū, somnum aliquamdiū discutiunt.

Item quoad concitātō opus erat corpore, mēns mea tranquilla fuerat ac praesēns: nunc, quandō quiēscit corpus, maximē sē mēns agitāre coepit. Imprīmīs grātiās Deō optimō maximō sincērissimās profūdī, admīrāns praesertim, sī ego sōlus ex tantō naufragiō servor. Mox id ipsum crūdēlissimē mē pungit; etenim hīc sōlitārius, madidus, famēlicus, paene nūdus, pejus ēnecor quam in marī, nisi vērō ferī hominēs sīve bēstiae mē dēvorābunt. Sānē ego id temporis pius nōn eram, minimē religiōsus. Igitur tantā in calamitāte magnus mē aestus animī conquassābat, inter grātēs querēlāsque, cōnsilium ac dēspērātiōnem. Tandem agitātiōne victus profundō somnō conquiēvī, labōris ac maestitiae oblītus.

Māne expergīscor, multum recreātus, sed algēns; nec mīrum. Cēterum ibi maris temperiēs hūmānae cutis calōrem aequat: etiam nox ipsa tepet: porrō arboris illīus dēnsa folia fuerant mihi prō tegumentō, nē calor in apertum aethera effugeret. Sciūrī, psittacī, macacī sīve cercopithēcī circum garriēbant continenter. Ēvigilāns incipiō dēscendere: ecce autem canis noster ad rādīcēs arboris meae, quasi cūstōdiēns. Id mē tenerō quōdam ita affēcit gaudiō, ut lacrimae oculīs oborīrentur. Ergō nōn sum prōrsus sōlitārius; ūnum saltem retineō amīcum! Hunc dēmulceō, plaudō armōs, paene amplector. Mox festīnanter dēambulāns, nāvem nostram ex adversō cōnspicor, longiusculē ultrā eās cautēs, ubi ipse prōjectus fuī. Sine dubiō aestus intumēscēns, ex arēnīs lēvātam, hūc dētrūsit. Jam autem paene sōpītō ventō, inānis tantum supererat undārum jactātiō. At ego in margine rūpis incēdēns, dēspectō circā lītus: mox, interjectīs vix mīlle passibus, scapham nostram discernō in arēnā, subter caeruleā quādam rūpe. Adīre eam voluī; sed quasi lingua quaedam maris interfūsa impediēbat; et quoniam famē urgēbar, in nāvem potius, sī possem, regrediendum cēnsuī.

Dēgressus rūpe, redeō praeter lītus: ibi pilleum nauticum videō, summō cum maerōre. Jam aliquantum recesserat aestus, atque, ut aestimābam, vix trecentī aquārum passūs ā nāve mē distinēbant. Exūtīs pallā bracchiīsque, intrepidē mare ingressus sum, inter grallātōriās avēs, quae plūrimae aquā exsurgēbant; et facile nāvem natandō assequor. Puppis ejus valdē ēlevāta est, dēpressa prōra; ex quā catēnae dēpendentēs aquam tangēbant. Hās ego prehēnsās ascendō, et supervādō lōrīcam tabulātōrum. Ō trīstem ruīnam, ubi mālī, vēla, fūnēs strāge conturbātissimā complicantur. Sed ego ad cellam penuāriam dēcurrō, ibique arreptō pāne nauticō (quī *bis coctus* appellātur) vēscor libenter. Mox, ex arcā meā ipsīus extractās, vestēs induor atque hōrologium meum resūmō. (Profectō resurgente aestū vesperī, ille meus in lītore vestītus natāns asportātus est.) Simul ut aquam pōtulentam inveniō, sinūs vestium pāne complēvī, ut quotiēs libēret, vēscerer: tum meditābar, quid facerem potissimum.

Illud mē angēbat, quod manifēstē, sī in nāve mānsissēmus, omnēs fuissēmus salvī. Super prōrā quidem saepius īnsultantēs undae plūrimās rēs corrūperant; sed altera pars, puppim versus, altē sublāta, sicca erat atque incolumis. Quippe, ut crēdō, quia in arēnā, nōn in cautibus haeserat, carīnae soliditās perdūrāvit. Quam plūrimās rēs jam cupiēbam asportāre; sed id erat difficile. Scapha major, ut dīxī, in lītore prōjecta erat longē. Illa quīndecim virōs facile portābat, et in magnīs Āfricae fluviīs ad invehendōs vēnālēs magnō ūsuī erat futūra. Alteram comportāverāmus longē minōrem, cymbam potius quam scapham dīxerim; quae duōs hominēs cum rēmige posset ad scapham dēvehere, sī quā jūxtā rīpās aquae forent breviōrēs. Haec in nāve remānsit: dēmittere eam in mare erat in facilī; sed parum capiēbat, nec vidēbātur nimiō sub onere aestum lītoris tolerātūra. Postquam arcās ac dōlia multō cum suspīrātū aliquamdiū aspexī, contemplor mālōs, ac ratem compōnendam dēcernō.

Subitō exsultāns, ex fabrī nostrī repositōriō serrā dēreptā, mālōs dissecō, ut trabēs longitūdine ferē parēs efficiam. Hās in mare prōvolvō, fūnibus quibusdam mālōrum suprā inhibitās. Ligna grandiōra cujuscumque generis colligō, ingerō, omnia fūniculīs dēligāta. Posteā ipse sēminūdus, cum malleō et cōnfībulārum sacculō circum collum suspēnsō, dēgressus equitō super trabe. Undātiō maris jam dēminūta est: raptim ego ligna atque trabēs, vēlīs fūnibusque cōnfūsās, conjungō, dēstinō, dēpangō; vī meā maximā, quantumvīs rudī, ratis fundāmenta jaciēns. Redeō suprā; videō quanta sint portanda onera, ratemque nōndum sufficere. Tum alia ligna plūrima et tabulās ex omnī parte nāvis conquīrō. Hās dissecāre ex suō locō, nimiī labōris erat atque temporis. Sed saepta animadvertō lignea, quae ad dīvidenda nigrītārum cubīlia comparāveram. Utrumque bīnīs hāmīs ē tergō, bīnīs spīcātīs clāvīs ē fundō, erat īnstrūctum; ānulīs laterī nāvis īnfīxīs, per quōs hāmī īnserī dēbēbant. Haec saepta plūrimam atque optimam mihi sufficiēbant māteriem. Quibus rēbus superadditīs, mōlem ratis et soliditātem multum adaugeō; tum fūnibus astringō cūncta. Longum id erat et sānē difficile: necnōn sōl mē admonēbat hōrārum: hōrologium substiterat. Dēnique postquam, graviter īnsultāns ratī, firmitātī ejus cōnfīdō, maximō cum dolōre sentiō, vix minimam partem eōrum, quae vellem, posse mē asportāre; jam autem dēligendum esse. Ab operā paulisper requiēscō; vīnī ārdentis saccharīnī hauriō pōcillum, meditorque maestissimē. Ea quae ad vītam maximē sunt necessāria, dēcernō sūmere imprīmīs; tum, arma ad vītam dēfendendam. Quattuor nautārum arcās commodē vehī posse super ratī meā crēdēbam. Totidem exināniō, et, per tollēnōnem sūculīs īnstrūctum, dēmittō in ratem: hanc mox scālās versus trahō. Sacculōs impleō plūrēs bis coctō pāne, orȳzā, fabīs, mīliāriā atque hordeāceā farīnā; et facile in arcās dējiciō. Fabīs atque mīliō praesertim erāmus nigrītās cibātūrī, et sānē multum hujus cibī portābāmus, sed īnfrā in alveō. Jam trēs cāseōs Batavicōs arripiō, caprīnae carnis siccātae massās quīnque, (quā carne vel maximē vēscēbāmur,) et frūmentī Eurōpaeī relliquiās quāsdam, quod ad gallīnās alendās convēxerāmus. Gallīnae vī procellārum perierant omnēs. Cēterum trīticum fuit id, cum hordeō: posteā invēnī corruptum esse per sōricēs.

Dein latice ārdentī anquīsītō, vīnī palmāris congiōs ferē sex, cum plūrimīs dēlicātiōrum pōtuum lagēnīs, seorsum conclūsī. Hae lagēnae partim magistrī fuerant, partim meae ipsīus. Lacernam meam et lectī opertōrium corripiō, porrō serram, secūrim, malleum clāvōsque: sed haec in cymbā dēstinō portanda. Plūrēs fuisse in nāve nitrātī pulveris cadōs majōrēs sciēbam; sed ubinam artillātor noster eōs habuisset conditōs, eram nescius. Tandem multum anquīsītōs duo invēnī siccōs sānōsque, tertium aquā marīnā corruptum. Cistās trēs, hōc pulvere complētās, cūrātissimē intrā arcam super ratī ita conclūdō, ut, sī flūctus alluat, minimō sit dētrīmentō. Jam dē igne fovendō subit cūra. Coquī nostrī recēnseō supellectilem. Inde dēripiō foculum cum forcipe, batillō et rutābulō, crāticulam ferream, ahēnum, ollamque coculam. Satis oneris jam vidēbar imposuisse. Cymbam prōtinus per eāsdem sūculās marī committō; id quod difficillimum fuisset, nisi requiēssent undae. Hūc impōnō ignipultam aucupāriam optimam, pār pistolārum cum balteō, mulctram stanneam, igniāria, sīnum ligneum, pōculum ex albō plumbō, item corneum; cum vestibus ac fabrīlī supellectile, quam nōmināvī. Addō pilulārum plumbeārum sacculum ac gladiōs duo. Ūnus hōrum falcātus erat Maurūsiī meī dominī gladius. Sōlem videō dēclīnāre; itaque properē fūnem tractōrium ratī adjungō, fūniculōs plūrēs in cymbam prōjiciō, jamque dēscendō cum rēmīs, ratem ad lītus tractūrus.

Tria mē cōnfirmābant,—mare tranquillum; aestus placidē allābēns; aurae quoque, quantum erat, terram versus spīrāns. Parvam ancoram in cymbā portābam. Jam rēmigō, atque contus animum subit. Redeō, efferō contum: dēmum lītus petō, sed dīrēctam viam cautēs prohibēbant. Avēs multae in ratem cōnsēdērunt, ut piscārentur commodē. Hās aegrē abigō. Mox sēnsī mē praetervehī, ipsō marī clam trahente: inde spērābam posse mē in fluviī alicujus ōstium dēportārī, ubi bona mea tūtius expōnerem. Id quod ēvenit: nam rūpēs mox subeō, ubi in convallem sinus maris intrat. Sed dum rēmīs, quantum possum, medium in flūmen cymbam dīrigō, paene alterō naufragiō cōnflīctor, rate vadō illīsā. Dēclīvī prōtinus ratī dēlābēbantur ejus onera, nisi properē succurrissem. Circumāctā cymbā, ligna aliquot dē rate in interstitia ejusdem intrūdō, quasi paxillīs ēnormibus sustinēns arcās. Hīc alligātus necessāriō commoror, ānxius sānē animī, dōnec aestus īnsurgēns ratem allevāvit. Tum in parvum quendam sinum dēvertō, juxtā plānitiem, cui mare dēbēbat superfundī. Eō mox dēlātus metuēbam ancoram dējicere, nē tanta mōlēs fūnem abrumperet, nisi aquās stāgnāre intellegerem. Tandem recēdēns aestus in terrā firmā relinquit et cymbam et ratem.

Onera mea expōnere inūtile erat, nocte appropinquante. In arbore aliquā iterum dormīre dēcrēvī; itaque suffertā ignipultā armātus, item gladiō serrāque, per ulvās ūberrimās prōcēdō, anquīsītūrus idōneum cubīle. Nemus haud longē videō. Ibi dēlectā majōre quādam arbore, curvīs trānsversīsque rāmīs, gradūs prō scālīs in cortice serrā incīdō; tum scandēns cum serrā amputō rāmōrum quidquid sit obfutūrum, et cubandī faciō perīculum. Macacōs videō plūrēs in arboribus, sed parvōs mītēsque.

Redeuntī canis occurrit, lepusculum ōre ferēns, quem ante pedēs meōs prōjēcit. Intellēxī eum magnam partem dēvorāsse; etenim plēnus saturque appārēbat. Sānē ego dōnum ejus nōn contempsī, quamvīs laniātum. Accēpī; sed subit cūra, nē sōlō meō amīcō prīver, nisi sēdulō pāscam. Magnō erat corpore, multōque egēbat cibātū; dē quō incēpī meditārī.—Dulcem aquam juxtā cōnspicor, in flūmen marīnum dēcurrentem. Mox frondibus foliīsque siccīs igne factō, lepusculī reliquiās super vīvīs prūnīs ope gladiī ac serrae torreō, gustātūque ejus quam maximē fruor. Prīmam illam in īnsulā sōlitāriā cēnam cum voluptāte trīstitiāque mīrē commistā meminī. Jamque cālīgābat. Ego autem tabulam quandam reportātam clāvīs dēstināvī ad rāmōs arboris meae, ibique lacernā obvolūtus somnō mē dabam. Ignipultam inter rāmōs apposueram: canis jacēbat subtus. Pistolīs quoque succingor, nē sīmia aliqua major mē incessat.

Et profundē equidem dormīvī, dēfessus labōribus; tamen ante lūcem sum experrēctus: (etenim illā in regiōne aestātis ipsīus nox proximē ante dīlūculum tenebrās obtendit:) atque ego meditāns cōnsilia mea compōnō. Ut prīmum dīlūcēscit, dēscendō. Ligna aliquot exacuō secūrī; tum prō sublicīs in arēnam ita adigō, ut ratem, quamvīs crēscentibus aquīs, inhibeant. Nitrātī pulveris cistās lacernā prōtegō, sī forte pluat. Serram,—malleum,—clāvōs,—tabulās duās, rōbustam tenuemque,—argillam mollem, cum vetere fūne prō stuppā,—in cymbam collocō. Aquam mulctrā haustam sūmō mēcum, item pōculum ac pānem. Lepusculī, quod restat, cum cane dīvidō, ipsōque in cymbam adsūmptō flūmen ingredior, scapham nostram invīsūrus.

Plēnō maris aestū, tardius dēscendō flūmen; mox intrā cautēs lītus lēgō, nē quid undārum mē incommodet. Magis magisque admīror avium abundantiam, quā marīnārum, quā silvestrium. Inter cautēs ac lītus grallātōriae abundābant. Ad scapham tandem pertingō; perfrāctam inveniō, velut animō praecēperam; crēdideram posse mē dētrīmenta ejus resarcīre. Sed vīgintī passūs ā marī jacēbat, procellā aestūque illīus noctis longē ēvecta; neque summā meā vī potuit movērī. Porrō, rēmōs idōneōs neque habēbam, neque, sī habērem, adhibēre possem, onustā certē scaphā. Aeger animī hanc relinquō, rēmigōque nāvem versus. Cōgitāns autem statuō mālum vēlumque scaphae anquīrere, sī forte posteā hōrum ūsus vēnerit.

Ad scālās nāvis accēdō. Hās natāns nōn potueram manū attingere: etenim puppis nimium erat ēlāta. Sed astāns in cymbā, facile eās apprehendō. Cane prīmum superpositō, alligātāque cymbā, ipse ascendī; mox dēsideō inops cōnsiliī. Ōllam offendō frūctuum condītōrum: cum pāne vēscor, dum cōgitō. Videō alteram ratem nōn posse mē cōnstruere; spatium diēī nōn sufficere, sī trabēs ipsā ex nāve sint dissecandae; lōrīcam tabulātōrum discindere, labōriōsum fore, nec valdē ūtile. Maurōrum memineram ratēs utribus suffultās. Utrēs nōn habēbam. Arcās aquae impenetrābilēs volēbam prō utribus adhibēre; sciēbam autem nostrās solidō esse rōbore et astrīctā fabricā. Ūnaquaeque hārum ligneō pessulō rudīque serā obdēbātur; cūncta comparī erant modulō. Diē superiōre, dissectō serrā pessulō, facile aperueram quattuor illās; īdem nunc faciō in cēterīs, atque exinānītārum explōrō commissūrās. Artissimae vidēbantur; id gaudeō: sed fūnibus properē in mare dēmīsī quattuor hārum, ut commissūrae aquā intumēscerent; meam ipsīus, quae optimē fabrēfacta est, pice ac stuppā circā operculum incēpī oblinere, perīculum faciēns, num aquam exclūdere possem. Postquam operuī, cuneōs tenuēs ligneōs juxtā pessulum īnferciēbam, quō astrīctissimē conclūderem. Hanc in mare dēmīsī, fundō sūrsum sustentātam; atque ibi religātam relīquī, ut operam meam aqua explōrāret.

Jam videō diem prōcēdere, metusque subitō mē incessit, nē quis thēsaurōs meōs ē rate compīlāret, nēve bēstia corrumperet cibum. Īnsula foret an continēns terra, culta an inculta, ferōcibus bēstiīs īnfēsta necne,—nōndum sciēbam. Ratis autem dīlēctissima oculīs sōlīque exposita manet, dum ego novās hīc rēs conquīrō! Crēdēbam nōn posse mē illō ipsō diē novae ratis onus asportāre; satius esse, redīre quam citissimē. Illud succurrit: "Heri, quae ad vītam maximē erant necessāria, āvēxī; hodiē, quae pondere levissima sunt, nūndinātiōne pretiōsissima, āveham in cymbā; ut sī forte nāvis aliqua mē servābit, nē prōrsus sim pecūniae inops." Duo gladiōs pulchrōs ē caeruleō chalybe inveniō; hōs avidē sūmō. In sēcrētō magistrī scrīniō aureōs nummōs Hispānōrum (doblounōs vocant) certō sciēbam continērī; quōs ille comportābat, nē, ventōrum vī aliquō dēvectus, pecūniā ad reficiendam nāvem egēret. Dolābrā prōtinus forēs scrīniī perfringō: inveniō autem nōn aurī sōlum crumēnās, sed īnstrūmentum astrologicum, pretiōsum illud quidem, ac duo optima hōrologia; item furcillam mēnsālem et cochlear, utrumque ex argentō; mox duās acūs magnēticās, utramque suā in capsulā: tertiam vīderam ipsum juxtā gubernāculum, propter ūsum gubernandī. In mēnsulā offendō supellectilem geōgraphicam ac scrīptōriam, cum librīs quattuor. Cūncta arripiō, et quasi vōtum Deō concipiō, numquam, quantum in mē est, cognātōs magistrī optimī quidquam lātūrōs damnī, sī forte in hominum gregem restituar.

Dum meōs ipsīus perscrūtor loculōs, unde argentum, arculās optimās clāvēsque avēbam, illud "sī forte" animum aurēsque meās pertentat. Immō tōtum hunc diem quasi rhythmus quīdam "sī forte" tinnit in auribus, dum rēmigō, dum incēdō. Jam rēs pretiōsissimās in arculīs conclūseram, quum scaphae meminī armāmenta. Haec facile reperiō. Mālum ejus ad terram attrahendum dēcernō, pōne cymbam alligātum. Quamvīs properāns, temperāre mihi nequīvī, quīn lārdī asportārem succīdiam, cum bulbōrum majōrum marsūpiō ac capide duōbusque cultrīs. Dein, quidquid vidēbam corbium, fiscōrum, riscōrum, quod natāre poterat, restibus cōnstringō, et pōne trahō, in cymbā portāns mē ipsum ac canem cum novīs thēsaurīs. Ecce autem, dum in eō sum, ut nāvem relinquam, duae fēlēs cymbae īnsiliunt, quās quidem neque ego neque canis aspernātur.

In rēmigandō, vereor nē agmen meum, pōne tractum, vadō flūminis illīdātur; in lītus potius prōjicere volō. Dein locum putō exquīrendum, ubi ratis mea posterō diē tūtissimē appellat: nam sī arcae in fundō ratis aliquō afflīgerentur, maximum fore perīculum nē cūnctae rēs disperīrent. Dīxī linguā quādam maris prīmō illō māne mē ā scaphā intersaeptum. Hanc videō ad dextram cautium, eōque dīrigō cursum. Corbēs, mālum scaphae, cētera, facile in lītus sūrsum trahō; dein sinum illum maris properō intrāre.

Circā quīngentōs passūs penetrābat terram, rūpe praecipitī undique circumclūsus. Ōstium angustius erat, quia aspera saxa utrimque exsurgēbant postium īnstar. Lītus intimum ē mollissimā ac plānissimā erat arēnā; id quod facile perspexī, quia nōndum altius pertinuerat aestus. Ultrā arēnam videō algās cactōsque. Hūc certum est ratem illam crās dēdūcere. Quae quum summā celeritāte lūstrāssem, contentīs bracchiīs domum rēmigō: nempe *domum īre,* erat, *ad opēs meās.* Intrā cautēs mare invēnī tunc quidem sānē tranquillum.

Ad coquendum prōtinus accingor, praesertim (sī crēdere possīs) propter canem; immō, propter fēlēs item; namque ad quidvīs, quod posset mē amāre, mīrē allectābar. Quattuor intrā lapidēs ignem accendō. Trēs stīpitēs, īnfrā arēnae īnfīxōs, suprā fūne colligō; inde suā catēnā suspendō ahēnum coculum. Aquam in capide apportātam īnfundō; addō fabās, farīnam hordeāceam, lārdī segmen cum bulbō. Māteriā ignī largius injectā, ignipultam arripiō pārōque collem ascendere quī haud longē aberat. Canem mēcum adsūmō, fēlēs crēdō propter fervōrem ignis nihil nocitūrās cibō. Mīlle quīngentōs passūs ad summum aestimābam iter illud; sed quia propter rīvulum quendam atque ūvidum solum circuīvī, longius erat aliquantō. Dēmum ēnīsus per praecipitia, mare undique circumfūsum cōnspicor, aliam nūllā ex regiōne terram, praeter scopulōs aliquot duāsque pusillās īnsulās novem ferē mīllia occīdentem versus. Ūnus in postīcō mōns mare exsuperābat; sed tamen eram in īnsulā. Hoc mē magnopere angēbat.

Magnā ex parte sterilior vidēbātur īnsula, saxōsīs collibus abundāns, nōn sine arboribus; quae quidem in cavīs locīs dēnsābantur. Nisi numerārem fēlem quandam feram, carnivorās nōn offenderam bēstiās; sed praeter macacōs ac sciūrōs in convalle, leporēs et exiguōs porcillōs vīderam; avēs autem nōtās ignōtāsque ubīque quam plūrimās. Ālitem majōrem, arborī īnsidentem, glandibus olōrīnīs trānsverberō rediēns. Plūma ejus rōstrumque accipitris erat, unguēs modicae, carō piscibus foetida. Tum vērō mēmet increpābam quod jaculandī suppetiās perderem. Ālitēs autem rapācēs, quamquam plūrimōs, nōn magnōs illōs vīderam. Porrō ferās hujus īnsulae cōram homine plērāsque intrepidās esse repperī. Ā collis jugō ingentēs prōspiciō arborēs, quās aestus in flūmine resurgēns dēbeat alluere. Hae suprā ratem erant, neque procul ab arbore in quā proximā nocte dormīveram. Subter hās statuō ratem attrahere, succēdente aestū. Sed properē reversus, ignem exstīnctum inveniō, cibum nōn male coctum. Fēlēs, valdē famēlicae, magnā vōce querēbantur. Hās et canem largiter pāscō; et mēcum statuō, plūrēs etiam mē fabās, sī possim, nāve extractūrum.

At ferae vīsiō fēlis mē commōverat aliquantum. Verēbar nē majōrēs ejusmodī bēstiae hīc dēgerent, ut pardus, ut panthēra, quae arborēs facile ēscendunt. Circumvallāre mē certus sum. Ūtēnsilibus arreptīs fabrīlibus cum māteriā ac fūne, petō arborem meam; ubi, incīsūrīs secūrī impressīs, pālōs īnfīgō, brevēs tabulās suprā dēstinō, tum quattuor dēsuper pālīs contrā ictūs īnfernōs corrōborō. Quippe intellēxī fēlem quamcumque ab ipsā stirpe arboris tamquam incurrere sūrsum; et sī quid praeruptē ēmineat, arcērī. Restim autem quasi in ānulōs duōs sīve āmenta complicō, quem rāmīs alligātum, ipse possim prehendere ascendēns. Tālī tum podiō arborem, ut poteram, praetexuī: posteā cōnfirmāvī, plēniōre adjūtus supellectile. Jam videō noctem aestumque approperāre. Sublicīs ēvulsīs, pōne cymbam trahō ratem, appōnōque sub arbore ingentī incolumem; ubi latēre posse crēdēns, sublicīs iterum dēpangō. Deonerātā cymbā, compōnō rēs omnēs accūrātē. Tum, crāstinīs cōnsiliīs aestuāns, tamen somnō celeriter corripior, ālātīs blattīs atque vespertīliōnibus contemptīs.

Ēvigilō ante dīlūculum. Dēproperō ad cymbam dētrūdōque in fluvium; canis quasi suō jūre īnsilit. Subter stēllīs rēmigō, adversō aestū. In nāvem invādō, etiam ante sōlem ortum; sed dīlūcēscēbat. Īnspiciō arcam meam; optimē aquam exclūserat. Cēterās item ē marī subtractās stuppā ac pice pariter ac meam ipsīus conclūdō. Omnia fūnibus contentissimīs astringō. Mox quattuor sufficere videntur; immō sīc tūtius fore ad prīmum experīmentum. Hīs in mare dēlātīs, et firmissimē cōnstrictīs superpōnō dōlium pulveris nitrātī, alterum pānis, mox tōtum fabrī repositōrium. Adjungō sēriam oleī, ōllam picis, arma missilia aliquot, aliās rēs minōrēs. Vēla quotquot invēnī, quae supervacānea portābāmus, cum scaphae vēlō, collocāvī suprā; superque hīs rūrsus carbasum quendam pice liquidā oblitum. Tantum onus facillimē vidēbantur arcae tolerāre.

Postquam restibus omnia cōnsolidāvī, paulō ante merīdiem, strēnuō nīsū ratem ad lītus trahō, paene īnfimō in aestūs recessū. Sed inter postēs saxeōs in sinum illum prōcēdō, neque in flūmen adversum volō mē committere. Mare intrā mox quiētissimum inveniō, et quasi in stāgnō religō ratem. Maximē gāvīsus, prōjiciō mē sub rūpe et paulisper sub umbrā requiēscō: dein cibō recreātus, ad operam redeō. Quidquid erat in rate, in algōsum siccae arēnae acervum expōnō; sed labōriōsē, propter humilēs aquās. Videō mare adhūc tranquillum; crās posse coorīrī procellās. Spēs et cupiditās, quamvīs lassō, dedit vīrēs. Cum carbasō illō (sī forte sit ūsuī) atque cūnctīs fūnibus retrahō ratem ad nāvem. Quīntam illam properē adjungō arcam, et aliquot rēs ponderōsās impōnō; inter quās hīc nōmināre libet molam ferrāmentīs acuendīs, glandium majōrum cadulōs duo: in cymbā autem meās vestēs, et pulveris nitrātī aliquantum. Cūncta dēportō intrā postēs marīnōs incolumia paulō ante tenebrās. Valdē dēfessus inde redībam: sed aestus cymbam subvēxit sine meā vī. Vix poteram cēnāre; igitur pāstō cane fēlibusque, somnō mē commīsī.

Caput Secundum

Trium diērum rēs gestās nārrāvī singillātim. Īmō in corde meō īnscrīptae sunt, quasi hesternae essent. In iīs quae sequuntur, saepius accidet, ut rem probē nōverim, diem meminerim parum; nec lēctōrī jūcundum foret, ut rēs, sī possem, diāriī mōre ēnārrārem. Dehinc, quae ex nāve īnsuper āvēxī, summātim potius memorābō. Quārtō māne dormīvī post lūcem. Jejūnus, vēscor avidē: etenim in ahēnō cibus aliquot diērum mihi meīsque restābat. Sed quasi nervīs succīsīs, languēbat animus fastīdiēbatque suōs successūs. "Cūr labōrō?" inquiēbam "cūrve juvat mē vīvere, sōlitārium, moribundum? Quid prōsunt nāvis spolia, nisi ut aliquot diēs vītam extraham?" Tum addidī clārā vōce: *Nisi forte! Nisi forte!* Mox intellegō ventum ā marī flāre, aestum violentius īnsurgere, in ōstiō perīculōsum forsitan cymbae fore. Cymbulam autem illam majōris quam cūncta quae in nāve restābant aestimābam. Tum sī ad nāvem ratem ē portū meō trāxissem—etenim illum maris sinum postibus mūnītum jam Portum Meum appellābam—quis spondēret, quīn naufragium ipsō in flūmine paterer rediēns? Nūbēs porrō volitāre animadvertī; imber nē caderet, melius tegī, quae exposita relīqueram in portū. Etenim cava plūra illā in rūpe cognōveram. Illūc igitur pedibus cōnfestim īre dēcernō. Rūpēs ad laevam prīmō rubra erat, nisi ubi algā obtegerētur; ipsō in portū alba; ulterius praeceps ac caerula: omnis autem ē saxō (ut crēdidī) calcāriō. Portus cavīs locīs, immō cavernīs abundābat, quārum in aliquam possem sine magnō labōre eās rēs recondere, quās pluvia corrumperet potissimum. Per algās cactōsque ēnīsus, hūc reposuī lectum vestēsque omnēs, item pānem, ignipultās ac nitrātum pulverem, carbasō illō piceātō contēcta. Rēs fabrīlēs et cētera graviōra vēlīs obtēxī.

Jam corporis illuviēs mē vexat; nam per trēs labōriōsissimōs diēs ac duās noctēs iīsdem in vestīmentīs illōtus mānseram. Discingor natātūrus. Plēnō ferē aestū quasi lacus maris clārissimus cōram redundābat. Cadēbat pluvia tenuis, sed inter nūbēs radiābat jubar; mox appārēbat arcus caelestis. Mīrē ille vīsus stringit mulcetque animum meum. Atquī canis in aquam mē īnsequitur et mēcum vult lūdere. Nostrātium canum ille fortasse Grāiō Hībernōrum canī simillimus erat, Molossō domesticō gracilior et vēlōcior, glabrō item corpore, ut calōribus nātō. Probē natābat, sed digitātus erat, nōn *palmipēs* (quod appellant); id est, digitīs nōn erat pellītīs; atque ego vēlōcitāte natandī facile eum superābam. Itaque hunc dum ēlūdō, mē recreō. Ut ex aquā ēgressus sum, is crūra pedēsque meōs tam amanter lambit, atque tam gestit mē recuperāsse, ut nequīverim mē continēre. In effūsum flētum solvor, velut ōlim in pueritiā, sentiōque cor exonerārī. Vestēs mūtāvī: immundās in aquā marīnā sub majōribus lapillīs dēmergō: tum ēgredior, īnsulam explōrātūrus. Scandō ē portū per ardua. Inde videō illum collem, quō anteā ēnīsus sum, hōc ā latere ascēnsū facillimum. Culmen rūpium plānitiēs erat sīve campus calcārius, dēlicātīs vestītus herbīs. Hae recentī pluviā ita erant recreātae, ut nova veteribus admixta folia flōrum praetulerint speciem, ubi rubor vel purpura cum novō virōre contendēbant. Leporēs sīve cunīculī suīs ē latibulīs ēgredientēs audentius mē aspexēre, quōs nē īnsequerētur, aegrē repressī canem.

Mox in scopulōsa locō ēvādō, et caprōs discernō ferōs procul; *antilopās* potius dīxerim. Pōne saxa īnserpō, quamquam minimē fugācēs erant. Glandibus olōrīnīs tubum sufferciō; dein igne ēmissō occīdō capram vulnerōque haedum jūxtā. Canis intercurrēns haedum prehēnsā pelle attinet, dum assequor. Crūre vulnerātam posteriōre inveniō; poterat tamen incēdere. Mātrem voluī reportāre ad flūmen vallemque meam; sed fateor, adhūc eram tam dēlicātus, ut nōluerim recentem vestītum sanguine commaculāre. Sūdāriō ē sinū vestis extractō, argillāque ūdā in vulnus compressā, cōnstrīnxī firmiter; tum grāmine sanguinem omnem abstersī. Voluī eam in cervīcibus portāre; sed quandō cōnor, id vērō meās vīrēs exsuperat. Super glāreōsam humum aegerrimē cornibus eam trahō, in grāmine facilius. Haedī cornibus fūniculō circumdatō, hanc dūcō mēcum simul; id quod, dum ignipultam portō, paene nimium erat; igitur saepius cōnsēdī. Via autem et dēclīvis erat, nec longa, circā alterum jugī latus; itaque tandem pervēnī. Prōtinus in ūdō linteō crūs haedī astringō; et, nē longus sim, tantā cūrā foveō pāscōque (nam grandiuscula erat) ut mānsuētissima ēvāserit. In arēnā, juxtā ratem prīmam, sub dēnsīs umbrīs, pēlvem excavō; in quam, aquā sēmisalsā replētam, recondō capram, ut ōtiōsius carnī coquendae dem operam. Canem appropinquāre vetuī; pāscō autem līberāliter et hunc et fēlēs: avēs tamen metuō, nē carnis sint cupidae.

Dum strēnuē mē exercēbam, vix sentiēbam miseriās meās: sed simul ac lassitūdō abrumperet operam, nisi somnō corriperer, mēns coepit agitārī: id quod saepius mihi ēvēnit. Meās egomet cōgitātiōnēs nequībam tolerāre, et variīs quasi ventīs hūc illūc ferēbar. In dēspērātissimā conditiōne mē vidēbam, extrā nāvium Eurōpaeārum cursum. Frāctō animō, lūgēns, interdum lacrimāns, diffīsus Deō, dēcrēta ejus conquerēns; rūrsus ipse mēmet objūrgābam, sōlābar, hortābar, cōnfirmābam, maximē gāvīsus quod tot rēs ē nāve congessissem. Itaque per id tempus, quoniam apud nēminem potuī vicem miserārī meam, aperuī capsam scrīptōriam, ex quā chartam, calamōs, ātrāmentum, prōtulī, incipiōque angōrēs meōs argūmentandō effundere, quasi per sermōnem. Mox tālem altercātiōnem in tabulās (ut ita dīcam) *acceptī impēnsīque* referō, quās lēctōris oculīs nunc subjicere libet.

MALA MEA   LEVĀMENTA MALŌRUM

In īnsulā sōlitāriā sum prōjectus.

    At nōn es dēmersus, sīcut cēterī.

Ego ūnus ē sodālibus ēnecor aegrimōniā.

    At tibi ūnī restat spēs aliqua effugiī.

Exsulō ē societāte hominum.

    At nōn servīs hominibus scelestīs.

Vī bēstiārum sum plānē obnoxius.

    At nōn in belluōsam Āfricam prōjectus.

Labōriōsissimē vīctum quotīdiānum quaerō.

    At magnam tū habēs ex nāve opem.

Serviō hīc servitūtem perpetuam.

    At aliōs tū in servitūtem nōn redigis.

Nisi prius sōlitāriē moriar, ad sōlitāriam senectūtem reservor.

    At nōn tua magis quam parentum senectūs erit sōlitāria.

Profectō ultima illa nimis mē pupugēre. Quae prō levāmentīs scrīpsī, vulnus animī recrūdēscere fēcērunt. "Peccāvī," inquam: "meritam poenam tolerābō virīliter: *fortasse* ipsa poena aliquid tandem bonī afferet." Tum cito sēdāta est omnis mea perturbātiō. Ego autem haec atque tālia reputāns, admīror, quanta sit vīs vel incertae obscūraeque religiōnis, sī modo rēctā intendātur viā. Illud *fortasse* et *sī forte* plūris est, quam quis putāverit; quia saepius indicium est animī per tenebrās, lūcem versus, ēnītentis. Id autem ipsum est virtūs: nam sapientissimus quisque nostrum in suā tamen versātur cālīgine, semperque ēluctātur plēniōrem versus lūcem. Itaque iterum ēvāsī strēnuus. Tum canī fēlibusque haedum conciliāre studeō. Omnēs paxillīs dēpangō vīcīnīs; ūnīcuique suum largior cibātum; ūnumquemque suā vice dēmulceō. Ex cōnsuētūdine spērō familiāritātem, ex meā cāritāte cāritātem mūtuam. Posteā ad portum cane comitante reversus, aliās explōrō cavernās, plūrēsque rēs melius ōrdinō. Tredecim diēs in terrā dēgēbam, necdum nāvis ēvānuerat. Illam ūndeciēs (crēdō) ascendī. Quantumvīs coacervāveram, plūs tamen concupīscēbam; et dum nāvis cōnsistēbat, inter eam portumque meum ācerrimum sustentō ratis commercium. Rēs aliquot, quās āvēxī, libet hīc memorāre: Incūdem artillātōris, quam aegerrimē āmōlītus sum; virgās vectēsque ferreōs; pēnsilem lectum cum lōdīcibus; supparum antīcum ē subsidiāriīs: lacernās plūrēs: piscātōriam supellectilem novam atque amplam. Porrō ē rē jaculātōriā magnōs forcipēs follēsque, malleum rōbustissimum, pēlvēs ferreās ad plumbum liquefaciendum, batillum grande. Tum omnēs ignipultās, bonās malās, asportō; item alterum pār pistolārum. Dēmum fabrīlem mēnsam, retināculō cochleātō īnstrūctam, multō cum labōre per tollēnōnem dēmittō, laetusque comperiō hanc per sē natāre. Inter minōrēs rēs memorō lībram cum lancibus ahēneīs, sīve trutinam oportet appellāre, quam in scrīniō magistrī offendī. Ille propter medicās, crēdō, ūsūs habēbat; nam magister nautīs prō medicō erat. Ego hanc, velut pecūniās, idcircō asservāvī, sīquandō prō nummīs valēret. Ingentem plumbī convolūtī lāminam, quae nimia posset esse, secūrī malleōque discissam particulātim asportāvī; etiam magnum pilulārum plumbeārum vim, plūrēs rudentēs, fūnēs, ferreōs hāmōs, clāvōs, pessulōs, cōnfībulās, ānulōs. Cannōnēs suā ex sēde nōn eram dēturbātūrus. Posteā magnum trīticī dōlium laetus inveniō, sēriam optimī adōris, sacchārī cadum majōrem, vīnī ārdentis amphorās trēs; porrō cultrōs furcillāsque mēnsālēs, grandem forficem, trēs novāculās, quattuor nautārum gladiōs sīve sīcās.

Nē forte mīrētur lēctor, quārē tantam bellicī terrōris vim in mercātōriā nāve vēxerīmus, nātūram illīus commerciī cūrātius dēmōnstrābō. Hominēs barbarōs ē Guineā erāmus in servitūtem reportātūrī; quem ad ūsum et ipsa nāvis et omnis ejus dispositiō cēterīs erat valdē dīversa. Grandiuscula erat nāvis, nāvālēs sociī sexdecim. Cannōnēs habēbat quīnque,—ūnam ā tergō,—nē forte aut cum praedōnibus aut cum nigrītīs foret cōnflīgendum; nēve, propter subitum aliquod in Eurōpā bellum, Lūsitāniā implicātā, nōs tamquam Lūsitānī lacesserēmur. Ignipultae quoque inerant plūrēs, pars vēnandō, alia pars pugnae apta. Simul pulveris nitrātī plumbīque rotundātī vim magnam vehēbāmus, atque adeō hominem ūnum tōtī reī jaculātōriae praefectum: *Artillātor* appellābātur. Hārum rērum impēnsā valdē minuitur negōtiātōribus lucrum, nisi quod hōc in commerciō merx quae exportātur vīlissima est; quae reportātur, pretiōsissima.

Aliquot fabās prīmā in rate asportāvī. Quamquam sciēbam magnam hujus cibī vim nāvī fuisse impositam, sed īnfrā in alveō, crēdidī marīnā aquā corruptam esse. Nihilōminus dēscendō. Puppim versus omnia sicca erant; in īnferiōre parte aqua stāgnābat. Sed nōn mē illud repellit. Īnfrā nūdus, per aquam incēdō, quae genū attingēbat, scrūtorque mercēs palpandō: tandem saccōs inveniō fabīs plēnōs. Ūnum hōrum placēbat āvehere, sed quandō cōnor, nequeō ad tabulāta extollere. Rē dēlīberātā, nōn operae pretium vidētur dē cibō madidō labōrem pendere; nam asservārī posse quis spoponderit? Mox rēs dūrās acūtāsque sub pedibus sentiō; ipsa erant ferrāmenta, quae inter mercēs nostrās imperāveram. Pālae, plānē nostrātium īnstar, profectō nōn inerant; tantum ligōnēs, furcillātaeque marrae, praeter sarcula ac dolābrās. Deinde in secūrēs incidō. Tālēs rēs sub aquā dījūdicāre, paulum difficile erat. Num operae esset pretium auferre,—dubitābam. Tandem aliquot cujusque generis assūmō, praesertim capita secūrium ac ligōnum. Posteā fēlīcior eram. Nam in conclāvī quōdam, quod coquī nostrī erat proprium, quīnque offendī corbēs, fabārum plēnās, apprīmē siccārum. Hās cūrātius repōnō āvehendās, et aliam post aliam cūnctās dēmum ad terram dēportō salvās. Porrō dum mēnsam fabrīlem āmovēbam, quae suprā erat, nōn in alveō, pōne in angulō fascēs quōsdam mercium retēxī. Hōs aperiō. Intus erant versicolōrēs vestēs, quās propter Āfrōrum commercium imperāveram. Avidē corripiō, sed nesciēbam quārē. Posteā numerāvī, invēnīque sexāgintā. Cēterae, ut opīnor, fuerant in alveō.

Duodecimō māne, ut rēmigō ex portū ratem pōne trahēns, flūctus asperior aliquantum aquae in cymbam immīsit. Exhaurīre simul atque rēmigāre nōn poteram: sī rēmōs inhibērem, verēbar nē dēflexa cursū cymba latus undīs objiceret. In portum, ut tūtius, statim redeō: ibi rōborandam suscipiō cymbam. Altiōrem faciō prōram, additīs tabulīs, quae, ferreīs virgīs firmātae, aliquantum asperginis possint rejicere. Nōn longī labōris erat illud; sed nimius ventus mē terrēbat, igitur reliquum diem scaphae addīxī. Illud cōnsīderāveram. Naufragium recente lūnā passī erāmus ipsīs in Kalendīs Septembribus. Ad plēnilūnium iterum intumēscente Ōceanō posse crēdēbam sublevārī scapham; grande mōmentum, servārētur-ne an prōrsus cōnfringerētur. Ex arcīs meīs ūnam dēligō, aquae (sīquā alia) impenetrābilem. Quidquid in scaphā īnfirmum vidētur, summā meā arte reficiō, seu stuppā ac pice, seu argillā vitreāriā opus sit. Simul ac aestus recesserat, ancoram quam longissimē per arēnās mare versus trahō, suō ancorālī artius scaphae colligātam. Dentem ancorae firmiter dēfīgō, quoad possum. Ipsō in ancorālī, circā septem pedēs ab ancorā, fūnem brevem nōdō astrictissimō implicō; mox hūc dēportātam arcam eōdem fūne connectō. Illud ēvenit, quod spērāveram. Arca, aestū īnsurgente sublevāta, simul ut ad scapham aqua pertingēbat, (nam ego cum spē metūque cūncta notābam) incēpit scapham attrahere. Tum prō cūpā natante arca mihi erat. Cōnfestim dēcurrō ad cymbam. Per aestum rēmigō, ubi propter altitūdinem aquae flūctus nōn sē frangēbat; et ut prīmum scapham assequor, eam remulcō inhibēns, solvō ancorāle; nam ancoram extrahere, nimiī id fuisset temporis. Mox, ovāns et praegestiēns, scapham in portum dēdūcō incolumem. Haec in duodecimō erant diē. Māne īnsequente, quum speculor, sentiō marī male crēdī: tamen quāsdam etiam rēs voluī ēripere, quamquam ratī nōn cōnfīdēbam. Scālās nāvis ac tollēnōnem ad ultimum relīqueram. Optimās habēbat forēs diaeta prīncipālis: hās concupīvī, quia bonā erant fabricā. Cardinēs facile āvellō: forēs reste firmiter colligō. Dein sūculās cum trochleīs assūmpsī; ipsīus porrō tollēnōnis ferrāmenta omnia: sed scapum rōstrumque ejus, quae lignea erant, trahenda per aquās dēstināvī, cum scālīs et foribus. Ferreum onus, ūnō homine nōn gravius, in cymbā dēcernō asportāre.

Impigrē rediī, sed aestus in hōrās magis tumēscēbat. Tunc quum maximē intrābam portūs ōstium, agmen pōne tractum adeō disjectābat cymbam, ut ego perterritus fūnēs necessāriō absolverim, nē dēmergerer. Incolumis egomet postēs illōs praetereō, laetus quod nīl mihi cymbaeque accidisset, praeter asperginem profūsam. Ventus etiam atque etiam incrūdēscēbat: post trēs hōrās violenta flābat procella, quae tōtam per noctem furēbat. Māne, ut prōspexī, ēvānuerat nāvis.

Caput Tertium

Equidem ut vacuum aspectābam mare, neque lacrimātus sum neque gemuī, nē agitābar quidem animō. Sed tenerum quendam sentiēbam affectum, tamquam sī fessā aetāte parēns, cujus magnīs fruimur beneficiīs, lēgitimē ac necessāriō dēcessisset. Immō nōn tam nāvis quam egomet vidēbar obiisse mortem. Ab hominibus abscindor, novō sum in orbe rērum, astō tamquam in aeternitātis sōlitūdine. Ignōtus mē circumambit Deus, cujus sentiō tum misericordiam tum sevēritātem, mē ipsum culpāns sed nōn amāre, nec sine modō. Nōn in genua prōcumbō; nōn precēs, nōn vōta concipiō; grātēs nōn effundō, nec paenitentiam; tamen caeca quaedam, ut opīnor, mē penetrābat venerātiō. Certē eram et tranquillissimus, et quasi religiōsē dēfīxus. Ex hōc statū mē expergēfacit canis, amanter blandiēns. "Āh! quam vellem possēs colloquī," inquam clārē; et amōre ergā canem haediculamque meam atque ipsās fēlēs valdē pertentor. Prope paenitet mē, quod capram mātrem occīdī. Quoniam brūta animālia, sī modo reciprocāre amōrem possint, commūnem habent nōbīs sociālemque nātūram, nōlō vītam ēripere temerē. Haec cōgitāns, īnsuper meminī, parcere nitrātō pulverī quam sit bonum, pondus caprae quam fuerit molestum. Paulō post quaerēbam, cūr, sī vīctum terra subjicit, mālim ferārum mōre raptās vītās praedārī. Illa sānē quaestiō profundius in pectus dēscendit, postquam ūbertātem īnsulae plēnius compertam habuī. Sed exsultō, et pāstīs animālibus, dē fabīs meīs satagō, quārum aliquās aquā coctās velim, prō canis cibātū. Posteā hās coquēbam cum carnis frustīs, cum sēbō, lārdō, dēmum

I CAME ON
SHORE HERE
TH...... 1659

piscibus vel oleō; faciēbamque massās quadrātās: tum sī aliunde nihil foret in promptū, hinc et canem et fēlēs pāscēbam. Semper dēnique hōc modō pauxillulum carnis aut piscium prō condīmentō adjungēbam fabīs, farīnae vel rādīcibus.

Posterō diē, caelō serēnō et marī tranquillō, ligna tollēnōnis et diaetae forēs ējecta sunt in lītore; cum minōre dētrīmentō quam quis exspectāverit. Hās rēs, ut prīmum possum, citrā vim undārum trahō; dēnique in cavernās illās, dē quibus dīxī, dēpōnō, et quandō ab aliīs operibus vacō, restituō tollēnōnis ferrāmenta. Posteā hunc ad nāvāle meum cōnstituī, propter ūsūs scaphae. Sed dē domiciliō meō multa erant dēcernenda. Cavernās in rūpe quō lātius explōrāveram, magis admīror. Ultrā numerum vidēbantur. Aliae patēbant, sine externō pariete, tamquam porticus aut ambulācrum; aliae angustā jānuā, intus camerātae, jūnctae sunt item internīs ōstiīs, ita ut tōta rūpēs velut spongia esse posset. Contemplāns crēdidī, hās marī esse excavātās: nam sub pedibus pavīmentum erat saxeum, molliter tamquam flūctibus rotundātum, et quasi per lātissimōs gradūs ascendēns. Omnia mea possem hīc optimā cum disciplīnā dispōnere; sed dē cubiculō erat praecipuē cōgitandum; nec libēbat arborem meam prius relinquere, quam mūnītius quiddam reperīrem. Illud animadvertī,—nihil saxōrum praeter lītus jacēre, quod ā rūpe cecidisset; et quidem ubi gelū est ignōtum, rārior esse dēbet tālis rūpium lābēs. Porrō pavīmenta cavernārum parcā tantum arēnā vestiēbantur, tamquam ventō illātā. Lacūnāria ferē camerāta erant, hīc atque hīc quasi stīriārum massīs distīncta. Aquās per rūpem stillantēs crēdiderim saxō saturātās fuisse. Lītus externum, propius undās, algārum erat ferāx; internum, ultrā summōs aestūs, aliā quādam algā et cactīs aliīsque spīnōsīs fruticibus opplēbātur. Plūrēs hōrum in decem pedēs surgēbant, aliquot in quīndecim. Ex hīs silva plūrima et quasi umbrāculum ante cavernās praetexēbātur, nē quis ē marī vel ā rūpe oppositā facile intrō perspiceret. Ego autem, arreptā secūrī, continuam sub rūpe aperiēbam sēmitam, succīsīs cactīs cēterīsque, quidquid nimium obstāret. Jamque velut in meam vīllam mē recondō. Ē cavernīs duās praesertim dēnotāvī, ūnam prō cubiculō, alteram prō penāriā. Utraque internum habēbat ōstium, per quod aura flābat salūbris. Sēnseram autem, et apud Maurōs et in Brazīliā, quantum nox frīgidula corpus fervōribus adustum fovēret atque recreāret; et sī in magicā hāc horrendāque īnsulā (sīc eam quandōque vacuīs oculīs contemplābar) per summōs calōrēs habitandum mihi foret, tāle cubiculum magnī aestimābam. Opera quaedam hīc meditābar, sī hūc mea omnia congererem; propter quod cōnsultō opus erat. Marī seu terrā, ipsam ratem, sīve bona mea ex rate, dēdūcerem, aut perīculōsum aut labōriōsum fore opīnābar. Mox subit haedī cūra, cui neque pābulum hōc in locō habēbam neque aquam dulcem. Mihimet profectō aquam imprīmīs anquīrere opus erat: sed nōn diū hujus reī inopiam queror. Etenim postquam per spīnās fruticētī longius patefēcī viam, et dulcem aquam et nāvāle scaphae idōneum inveniō. Post quīngentōs amplius pedēs abrupta humus erat, alveō marīnō intus penetrante, tamquam ōstiō rīvulī. Intellegō alveum hunc, quasi flūmen submarīnum, ad Postēs Saxeōs continuārī; intus autem nāvāle, mihi satis profundum, etiam in recessū aestūs praebērī. Hunc in alveum rīvus ē terrā praeceps dēcurrēbat. Spatium autem praetereundī inter rūpem alveumque satis lātum patēbat, succīsīs modo fruticibus. Jam tollēnōnem mente dēstinō in margine ērigendum: sed redeō contentus in vallem, dē ōrdinātiōne bonōrum meōrum meditāns. Omnia dē prīmā illā rate dētrahō dispōnōque subter quādam arbore, cum ipsā ratis māteriē. Latēre volēbam, sī forte quis advenīret. Plūrimās caedō virgās, quae facillimē ūdō in solō possint frondēscere, hāsque ita dēfīgō, ut quam maximē, quidquid sit intus, obtegant. Hūc dēdūcō haedum, velut suum in praesaepe. Cistās quae pecūniam, quae astrologicam supellectilem, quae pulverem nitrātum continēbant, hās et capsās scrīptōriās aliāsque rēs minōrēs, singulātim ad cavernās asportāvī: posteā culīnae īnstrūmentum.

Post aliquot diēs, hīs rēbus ōrdinātīs, caelō serēnō, cēnseō dĕambulandum. Caput īnfulā dēnsā, Turcārum mōre, obvolvor; quod quidem in Brazīliā faciēbam. Balteō pistolīsque succingor. Grandem cultrum plicātilem sūmō ac pēram; dein convallem ascendō juxtā rīpam flūminis. Novā in regiōne omnia nōn possum lēctōris animō subjicere, quae meīs occurrēbant oculīs; sed plūra cōnābor paulātim expedīre. Avium versicolōrum tanta erat multitūdō, ut nisi in Brazīliā praereptā mihi esset admīrātiō, tunc obstupēscerem. Hīc autem mē praesertim alliciēbat pulcherrima illa avicula, quam in Occidentālibus īnsulīs Anglī *aviculam bombilantem* appellant. Plūra quidem hujus generis passim volitābant, item mīra pāpiliōnum varietās. Immō, nōn modo alia prōrsus arborum, fruticum, grāminum, foliōrum genera appārēbant, nostrīs hominibus ignōtū, vērum etiam ferē omnis arbor reptātōriīs fruticibus, vītium aut hederārum ad īnstar, vestiēbātur; atque adeō, obruēbantur plūrimae. Ē tantā varietāte vix quidquam prīmō poteram agnōscere: cēterum imprīmīs anquīrō esculentās rādīcēs atque ignis alimentum. Quidquid juncōrum obviam vēnit vel cannārum, medullam explōrāvī, anne idōneum praebēret fōmitem. Tria dēmum genera in pēram sēlēcta condidī, quae experīmentō probārem. Āridās sīve lignī sīve lignōsōrum foliōrum reliquiās celerrimā flammā ārsūrās crēdēbam. Tālis mātēriae plūrēs asportāvī pugillōs. Rubōs quoque notāvī dūmōsque āridōs, ex quibus immēnsa cōpia cremandō sufficerētur. Mox fruticem videō, quī piper gignit; sed magis gaudēbam, quod dioscōreās ēsculentās invēnī multās. Duo hārum genera optima prō certō agnōveram,—quae *ālāta* appellātur, et quae *globōsa.* Ulterius perscrūtāns, adeō abundāre intellegō hās rādīcēs, ut, sī cōnservārī possint, cibus semper futūrus sit in promptū. Jam *cinchōnam* videō arborem, colligōque rāmulōs plūrēs. Nē longus sim, satis sit nārrāre, mē circā hōs locōs posteā invēnisse medicās quāsdam herbās, quās in Brazīliā didiceram, et aliās quās prō condīmentīs cibōrum aestimābam. Acclīvitās vallis augēscēbat. Vix quattuor mīllia passuum aestus marīnus in terram penetrat; sed modicus rīvus plūrēsque rīvulī dēscendēbant per plantās et arbusculās. Propius ad collēs dēnsantur generum dīversōrum arborēs, grandēs aliquot. Nova simul atque ārida folia in eādem cōnsistēbant arbore, id quod colōrēs pulcherrimōs contendēbat: immō, exoriēbantur frūctuum germina ipsō ē rāmō, unde pendēbant frūctūs putrēscentēs. Quīnque vel sex mīllia continuāvī iter, semper ascendēns convallem. Ēn vērō, hīc locī seges illa pretiōsissimā blandītur oculīs, *zēa* virōre et aurō fulgēns. Plēnē mātūram crēdidī. Humī jacēbant grāna plūrima et siliquae. Pigēbat mē, quod major mihi pēra nōn erat in promptū. Quantum potuī, īnferciēbam, jamque prō certō habēbam cibum mihi numquam dēfore. Tandem collēs sinistrī sē dēmīsēre; atque alia vallis, lātior atque amoenissima, quasi hortōs viridissimōs in sinū suō retegit. In fronte mihi assurgēbant juga altiōra, montēs paene dīcerem, spissīs vestīta herbīs, ex quibus undique stillābant rīvulī perennēs. Arborēs frūctificās admīror, inter quās dispiciēns agnōscō citrōs, aureās mālōs, et Assyriās mālōs, quās *līmōnās* appellāmus. Sānē jūcundissimus erat rūris aspectus, mēque sēnsī esse opulentum lātifundiōrum dominum. Utramque vallem mihi tamquam proprium prōtinus asserō, nōminōque priōrem convallem meam, vel Convallem Flūminis, alteram Hortōs meōs.

Multum mē alliciēbat hortōrum amoenitās, cōpia arborum et dulcis aquae, dēfēnsiōque montium. Dēlīberābam dē commigrandō illūc, nisi quod nōllem maris prōspectum āmittere, sī nāvis venīret: immō, prōrsus nōluī cymbae scaphaeque ūsūs renūntiāre: necnōn per pluviālēs hōrās nihil cum cavernīs meīs vidēbātur contendere. Etenim hāc in regiōne caelī liquēbat mihi dīrissimās aliquandō esse expectandās procellās, quae tentōria ac domicilia perverterent; tālī in tempestāte nīl cavernīs esse comparandum. Pigēbat mē vidēre frūctūs plūrimōs et optimōs humī prōstrātōs et aquā putrēscentēs. Arborēs passim vim ventī prōdēbant. Sine dubiō autumnālēs procellae tantās fēcerant ruīnās. Sērius ego hōs in locōs prōcesseram, messe frūctuum praeteritā. Attamen hōc sub astrō tam vegeta est vīs terrae genitālis, ut novī frūctūs appārērent, quī mox possent mātūrēscere. Plūrēs hōrum concupīvī, et dē modō convehendī meditābar.

Rediī ad cavernās alacer animī, cūrārum oblītus. Pēram opplēveram illīs rēbus quās memorāvī; loculōs autem vestium arōmatīs, gummīne et citreīs mālīs aliquot. Prōtinus novōs thēsaurōs cūrātē dīgerō. Dēnique ā cavernīs in arborem meam propter noctem retrō cēdere, paulō labōriōsius vidētur.

Māne quum expergīscor, sentiō diērum mē āmīsisse computātiōnem. Nē prōrsus fierem barbarus, ad disciplīnam puerīlem mē redūxī. Diēs incipiō in digitīs numerāre. Quid ūnōquōque diē fēcerim, ego mihimet recitō; inde comperiō, quīnam sit hodiernus diēs. Tum volō mathēmaticus ratiōnēs retractāre. Dīxī mē quattuor librōs ē nāvī āvexisse. Ūnus erat precum sacrārum libellus, secundum normās Papālēs: alterum erat dē Geōgraphiā: tertium nihil habēbat nisi numerōs ad ūsum nāvigandī dīgestōs: quārtus ipsam nautārum mathēmaticam tractābat. Hanc perlegō libenter. Quippe nōn sōlum sōlitūdine animum āvertit, sed absolūtius quiddam et sublīmius subjēcit cōgitantī, nē semper dē meīs tantummodo cūrīs satagerem.

Quaerere potest lēctor, quī factum sit, ut ego, patre invītō nāvigāns, nauticam mathēmaticam ēdidicerim. Vidēlicet, admodum juvenis Londinium petiī, nāvem anquīsītūrus, in quā peregrē īrem. Magna mihi tunc illa fēlīcitās vidēbātur, quod hūmānissimō cuidam virō, nāvis magistrō, incidī, in Guineam nāvigātūrō. Is mē clēmentissimē exceptum, prō suō sodāle habuit; persuāsitque ut, quantam maximam possem conquīrere pecūniam, hanc commūtārem idōneā merce quālem ipse admonēbat, et apud sē collocārem. Ego igitur quōsdam ex amīcīs pecūniās rogābam, hīque, exōrātā mātre meā, fortasse etiam patre, quadrāgintā lībrās Anglicās ad mē remīsērunt. Eās autem magister optimus sīc administrāvit, ut, ex Āfricā dēmum reversus, mercem quam rettulī, nempe aureum pulverem, Londiniī trecentīs lībrīs Anglicīs mūtāverim. Porrō (quod eram lēctōrī dēmōnstrātūrus) ipsō in cursū, cum benevolentiā vērē paternā, omnia quae nāvis magistrum scīre oportēret, dīligentissimē mē docēbat, praesertim astrologicōrum praecepta, viāsque caelum servandī. Ego sānē, tantā cāritāte dēlēnītus, summā industriā haec in studia incubuī, rediīque ex hāc expedītiōne magnopere auctus mentis vī, sīve ad nāvigātiōnem, sīve ad mercātūram. Atquī, Ō meam maximam calamitātem! amīcus ille summus meus atque alter pater, morbō vehemente correptus, dēcessit subitō. Hujus mē tenerā subit memoriā, dum praecepta mathēmaticōrum retractō, dum stēllam Polārem observō, locīque lātitūdinem (quam appellant astrologī) colligō; item dum noctibus singulīs omnium hōrologiōrum lībrāmenta convolūta intendō.

In animō imprīmīs erat, ut Chrīstiānō mōre septimum quemque diem quōdammodo religiōsē observārem; enimvērō mēcum cōnstituēbam septēnōrum diērum opera. Sīc (crēdēbam) temporis computātiōnem eram servātūrus. Mox vīdī fore ut multa mē prohibērent ūllam praefīnītam labōrum rotam persequī; necnōn sine religiōsā contiōne rēs nihilī mihi erat diēs Dominicus: itaque ad aliam ratiōnem mē properē convertī. Novae lūnae observantur facillimē et paene necessāriō. Nāvis frācta erat nocte proximā post novam lūnam: quandō altera advēnit nova lūna, dēcrēvī mēcum, atque ūnum dēfōdī stīpitem propter mēnsem lūnārem. Posteā ēlegantius rēs administrandās cēnseō. Paxillōs praeparō tredecim modicōs et comparēs, gemēns identidem sī ūniversum annum hīc mihi dēgendum erit. In axe idōneae magnitūdinis tredecim forāmina terebrō, illīs paxillīs accommodāta. Quotiēs redit nova lūna, paxillum sōlemniter īnfīgō. Post lūnam tredeciēs novātam, cūnctōs extrahō paxillōs, grandius terebrō forāmen et grandiōrem īnserō pālum. Hic prō annō lūnārī valet. Mox prōcēdente lūnā, mēnstruōs paxillōs alium post alium restituō. Hīs cōnstitūtīs, novā quīvīs lūnā poteram computandō affirmāre, quīnam esset ille diēs secundum Eurōpeās temporis ratiōnēs.

Caput Quārtum

Jam ad rēs convehendās trahulam dēcernō parāre: nam reī fabrīlis nōn eram imperītus. Hanc profectō artem in Brazīliā magnopere exercēbam, cum propter variōs ūsūs, tum quia ipse mē animus excitābat. Fabrīlis nempe opera valdē fuit necessāria nōbīs, nec servīs nigrītīs satis bene cognita. Faber noster lignārius, bonus ille quidem vir, malleō fortiter feriēbat, serrā patienter labōrābat: sed accūrātē mētīrī, coartāre commissūrās, immō, rēctam līneam dūcere, vix calluit; nēdum dēsignāre opus. Sī novam quandam casam vel officīnam struere oportēbat, praepropera ejus industria absurdissimīque errōrēs angēbant mē. Itaque hunc dum parō docēre, ipse artem discō. Mathēmaticā meā scientiā quālīcumque adjūtus, poteram sānē plūra animō mōlīrī, in chartā dēscrībere, cōnstituere, computāre. Mox ipsīs ferrāmentīs manū prehēnsīs, dēlīneābam, dissecābam, runcīnābam; nihil quod lignāriī fabrī est, intentātum relinquō. Jamque, ut dīcēbam, ad cōnfingendam trahulam mē convertō, quae et per arēnās et super leviōrem rūpium superficiem facile currat. Dōliō quōdam ligneō, quod perfrāctum erat, dētrahō circulōs ferreōs. Hōs, velut calceōs, trabibus duōbus brevibus paribusque, lēniter curvātīs, subjiciō. Suprā, simplicissimum cōnstituō currum, in quō vehātur onus vīribus meīs tractū nōn nimium. Restim addō, atque fīnītum est opus. Quoniam in recessū aestūs continuus erat arēnae margō ā praesaepī meō usque ad portum, hāc viā, quaecumque vellem, in animō erat trahere: nec jam manibus humerīsve portābam. Posteā domum ipsam cūrātius dīgerō atque excolō.

Conclāvia vērō habuī nūlla; plūra quidem saepta, siquidem ūnaquaeque caverna, seu locus camerātus, erat prō saeptō. Prīncipāle saeptum meum ipsīus erat cubiculum, dē cujus mūnīmentīs erit dīcendum: dein *penāria,* prō cibō quālīcumque: tertium, *culīna;* tum, *fūmārium;* deinceps *armāmentārium* sīve *fabrica;* sextum erat mūsēum. In mūsēō librōs, hōrologia, astrologicam supellectilem, lībram trutināriam, māteriam omnem scrīptōriam repōnō, cum sellā ē tribus quās habēbam optimā. Hārum rērum aliquot cum pecūniā in cistīs erant: mēnsam posteā cōnfēcī. Septimum saeptum continēre dēbēbat ignis māteriem; *lignārium* appellābam. Octāvum prō *frūctuāriō* cēdēbat. Novum prō haedī *stabulō* dēstinābam. Decimum ac remōtissimum nitrātī erat pulveris repositōrium. Cubiculum autem tāle fuit. Angustā ac celsā fenestrā intrābātur, cujus līmen quīnque pedēs ab externō solō, duōs ab internō aestimāverim. Alteram intus habēbat fenestram, per quam aura flābat salūbris: hanc tamen, prae multā meā cautiōne, trānsennā prōtēxī. Dē vāllanda externā fenestrā cōgitāveram; sed arboreum meum opus imitārī, in saxō nimis difficile vidēbātur. Plūrēs portārum fōrmās cōnsīderō, mox rejiciō. Puteum potius volō sub fenestrā fodere, quem ipse scālīs trānseam, dein scālās intus ad mē retraham. Nāvālēs scālae merī erant gradūs ligneī, firmiter cōnstrictī fūnibus, quī pondus hominis tūtō sustentābant. In nāvis latere septem amplius dēpendēbant pedēs. Latera nunc hīs adjungō lignea, tantummodo ut rigōrem, nōn ut rōbur addam; nam fūnium rōbur sufficiēbat; sed quia flexilēs erant, id hīc erat incommodum. Scālae sīc refectae octo pedum habēbant longitūdinem. Deinde ligōnēs recognōscō cūnctōs, et marrās bifurcās trifidāsque, sī quid hōrum possit cunīculāriae hastae vicem gerere; solum enim calcārium rōbustō egēbat ferrāmentō. Tālia invēnī īnstrūmenta, quōrum ope puteum, brevem sānē, dēfōdī sub ipsā fenestrā, duo tantum pedēs altum, sed quattuor amplius ā rūpe exstantem. Vecte ferreō, quamquam nōn acūtō, graviōra saxa āmōlītus sum, postquam initia penetrandī factū sunt. Tum hōc puteō adeō prōtēctus vidēbar, ut nē ā pardō quidem foret metuendum. Illud enim mē cōnfirmābat, quod fēlēs ferae quae nōn nāribus cōnfīsae vēnantur, numquam possent conjectāre, quid in meō cubiculō dormīret. Ego vērō interdum serpentēs quoque formīdābam: sed numquam nē ūnum quidem anguem, magnum parvumve, meā in īnsulā vīdī; quae, velut Hibernia, sānctī Patriciī benedictiōne vidēbātur fruī. Stēlliōnēs erant in cavernīs, quōs fovēbam, quia muscās īnsectāsque comedunt: et sānē facile mānsuēscēbant. Sī ligōnibus rēs nōn cessisset, fodīnam parātus eram nitrātō pulvere displōdere. Praetermīsī nārrāre, mē, postquam dōlium pulveris nitrātī aquā marīnā corruptī dēportāvī, intus crustam invēnisse dūram, intrā quam pulvis siccus erat et plānē incolumis. Crustam malleō comminūtam reservāvī, et prō experīmentō, vel lūsūs causā, aliquotiēs in pyrotechnicam adhibueram, diffīsus posse in aliquam ūtilitātem convertī. Posteā crēdēbam rūdera haec nitrāta ad fodīnās displōdendās esse accommodāta: igitur asservāvī, sī forte ūsus venīret. Pulvere nitrātō eram profectō assuētissimus, dē quā rē libet amplius explicāre lēctōrī. Etenim dum dēgēbam in Brazīliā, maximō studiō missilis plumbī dīrigendī perītiam colēbam. Nec sānē umquam hujus exercitātiōnis fueram aliēnus; sed neque patriam circā urbem, neque super marī opportūnitātēs eam excolendī reppereram. Attamen in Brazīliā, rūre apertō, ingentibus silvīs, ubi prōdigiōsa īnsectārum vīs mīrificam avium quoque cōpiam in aeternum praestat, sī quis sub sōle potest esse agilis, ad avēs vēnandās ipsō agrō attrahitur. Prīmō habēbam ignipultam quandam ā dominō meō Maurūsiō dēreptam; mox meliōrēs quaesīvī, imprīmīs ex Lūsitāniā. Posteā Helvēticī cujusdam virī, quī Rōmae mercēnāriōrum mīlitum praefectus fuerat, ignipultās duās vel optimās forte potuī emere, ūnam duōrum tubōrum; quās quidem hujus fīlius, post patris mortem illātenus ēvagātus, inter aliās rēs vēndidit. Equidem ad tēla illa probanda in scopum aliquandō collīneābam: sed quia valdē incertus erat ā longinquō jactus, plūrēs ac minōrēs ūnō in tubō cōnferciēbam glandēs, quae, per āera dispersae, lātius ferīrent. Furcā item *bitubam* illam sustentābam, propter certiōrem ictum. Et quoniam grandiōrēs illīc abundābant ālitēs, ut vulturius, ut ferus olor, ut gruēs atque ardeae nostrīs dīversae,—nec deest strūthiō quīdam—hōs quoque pilulīs olōrīnīs petēbam, jaculandīque omnīnō perītissimus ēvāsī. Prōh caecitātem hominum! quippe nesciēbam quantum in sōlitāriā īnsulā haec mihi ars esset prōfutūra.

Simul ac cubiculum satis firmāveram, voluī illūc commigrāre, cūnctīs cum animālibus meīs. Haedus paululum clauda erat, id quod nōn dolēbam: tantō minus erat mē effugitūra. At vērō trēs jam mihi erant haedī, dē quō nārrandum erit. Cēterum falcātō gladiō quidquid idōneum vidēbātur herbārum aut frondium dēmetēbam et convehēbam ad cavernās: multum sānē sōlī expositum siccātumque recondidī. Haedōs omnēs suō in stabulō composuī.

Dē novīs haedīs incipit nārrātiuncula. Trahulā jam meā adjūtus, cupīdinem admīseram vēnandī iterum, nē canī fēlibusque carō dēforet. Trahulam per clīvōs clēmentiōrēs sūrsum trāxī super mollī brevīque herbā, ignipultam in trahulā habēns. Canem nōn potuī retinēre, quīn lepusculōs vēnārētur: is prōrsus ēvānuit. Ego ut prīmum in scopulōsum dēvēnī iter, trahulam omittō, inter saxa serpō. Ēmergēns capram cōnspicor cum haedīs ad stāgnum herbōsō in prātulō. Nōn mē fūgērunt, neque dēmōnstrābant metum. Dēcerpō grāmina, accēdō propius et porrigō. Haedī accurrunt, libenterque rōdunt. Ego cornua eōrum resticulīs cingō, et laqueīs bracchiō meō adnectō. Iterum iterumque dēcerpō grāmen, studeōque mānsuēfacere. Accurrit māter capra, grandis et rōbusta; haec quoque ē manū meā comēdit. Paenitēbat mē, quod voluissem tam cicurem animantem occīdere; nunc rōbustiōre eam adnectō reste. Sed ut prīmum vī sē tractam sentit, violenter retortō capite manū sē meā abripit, et priusquam mē possim recolligere, cum reste effugit. Exiguō temporis intervāllō convertitur. Haedōs mēcum videt, et dīrēctō cursū summō cum furōre mē petit. Magnum equidem sēnsī esse perīculum, nam et cornū incurrentis et ipse impetus lētālis esse poterat. Coāctus mē tuērī, dēmittor in dextrum genū, nē dēerrem, ignipultam cōnstantissimē dīrigēns. Vix quīndecim distābat pedēs, atque ego ignem ēmittō. Quamquam capite et collō trānsverberāta, plūrēs gressūs illō impetū ēvecta est, titubānsque ad dextram meam prōcubuit ēmortua. Obstupēscēbam, incertus quid facerem. Mox capram libuit omittere, haedōs attinēre: nec longa erat ad praesaepe via, per ardua dēscendentī. Grāmina etiam atque etiam dēcerpsī recondidīque in sacculum; et sīquandō male sequerentur haedī, grāmen ante ōra ostentāns, alliciēbam. Hōc modō incolumēs dēdūxī, gaudēns praesertim quod mās et fēmina erant. Paxillīs celeriter prope claudam haedum advenās dēpangō, suggerō grāmina; tum festīnō, mātrem reportātūrus. Regressus, trahulam coāctus sum per asperiōra loca, ut possem, subdūcere, dum mortuam assequor, quam aegrē in trahulam compōnō; dein satis labōriōsē hanc cum ignipultā per saxōsa loca dēdūcō, mox facilius super clīvīs herbōsīs. Illam, ut priōrem, dēmergere in pēlvī sīve piscīnā volēbam, sed spurcam crēdidī: quārē nīl melius nōveram, quam ut in praesēns rāmīs frondōsīs corpus operīrem: etenim ligō et pāla nōn erant in prōmptū. Jam dē ferārum audentiā reputāns, intellegō hominēs hāc in īnsulā esse ignōtōs. Id multum mē sōlātur;

nam quantumvīs sōlitūdinem dētrectābam, barbarōs saevōsque hominēs formīdābam longē amplius. Porrō sī leporēs avēsque, aequē ac caprī, hominis metū vacant, sī nunc haec animālia facile mānsuēfīant, stultē absterrērī opīnor. Itaque magis magisque pulverī nitrātō parcendum dēcernō, et, quidquid ferārum posset, mānsuēfaciendum.

Etiam congerēbam pābulum. Multās dēportābam siliquās zēā plēnās, et dioscōreās aliāsque rādīcēs; item cēpa, bulbōs, condīmenta. Caprae secundae carnem partim siccāveram fūmō, partim sale condīveram, nec jam dē cibō eram sollicitus. Duās viās ē cavernīs ad summam rūpem ligōne ac vecte tūtius jam mūniō; ūnam, quā prīmō illō māne, prōspectā scaphā, per praecipitia atque algās dēgressus sum; alteram ex portū praeter nāvāle meum. In difficiliōre locō stīpitēs duo firmiter dēfossōs fūne connectō, quō audācius sēcūriusque dēscendam; tum gradibus incīsīs, opus perficiō.

In reportandā caprā, trahulae mē quōdammodo paenitēbat. In arēnīs quidem bene currēbat, item per saxa lēvia grāmine vestīta; sed in ferācī humō super spissīs variīsque herbīs, inter admixtōs fruticēs, trahere quam portāre difficilius fore sentiō: ad dioscōreās, ad zēam, ad citrōs aliōsque frūctūs convehendōs pērās sacculōsque meōsque humerōs antepōnī oportēre trahulae, nisi meliōrem poterō mūnīre viam: id quod mē male habet. Igitur ūniversam vīcīniam explōrāre cupiō.—Dīxī mē ab excelsō quōdam colle prōspectāsse. Hōc colle īnferior alter, quī cavernās meās ferē ex adversō dēspiciēbat, lītoris aspectum superiōrī adēmerat. Quum, ascēnsā rūpe, in īnferiōrī colle astō (quem *Speculam* meam nōmināvī) admīrāns gaudēnsque propiōrem lītoris ōram contemplor. Ad dextram, id est, ad occidentem, flūminis videō ōstium, deinde portum meum, tum in fronte prōmontorium modicum. Contrā autem ad sinistram, id est, ad orientem, inter humilēs rūpēs ac mare, acclīvis plānitiēs arboribus prōcērīs mīrē luxuriābat, palmīs praesertim. Suprā, pōne rūpēs, palūs quaedam seu lacus angustus extenditur: rūrsus super hōc novus atque excelsior rūpium ac saxōrum ōrdō, unde pluviās crēdō in palūdem colligī. In ōrā palūdis viridissimās advertō herbās, plūrimāsque avēs aquātilēs. Sed ego ad interiōra mē convertō. Ab excelsiōre illō colle arborēs quāsdam in cavō locō vīderam, nōn multās illās quidem. Jam explōrāns perspiciō omnia praeter summās arborēs abscondita mihi tunc fuisse, interjectō quōdam īnferiōre grūmō. Clīvus ille montis quasi pēlvī erat ingente excavātus, in quam multum aquārum ex scopulōsā illā regiōne cōnfluit. Hae, grāminibus sustentātae, perpetuum sufficiēbant rīvum, quī in flūmen, nōn longē ā praesaepī meō, dēcurrēbat. Inde fuerat mihi prīmus ille dulcis aquae haustus. Hāc in pēlvī (nam proprium hujus fōrmae nōmen nesciō:— convallis nōn erat) cōnsistēbant arborēs plūrimae, Eurōpaeārum aspectum praeferentēs. Amplius posteā perscrūtātus, repperī hās nōn esse nostrātium ad īnstar, tamen frūctuī lignōque ūtilēs. Hunc locum appellō *Saltum* meum. Hinc poteram ligna dēvehere, sīve ad fabrīlēs ūsūs sīve ignis grātiā, multō facilius quam ā flūminis convalle. Quippe grandis rāmus vel ipse arboris truncus, tractus seu humī dēvolūtus, ad rūpem erat facile dēscēnsūrus. Sīc posteā saepius rem gessī. Minōra ligna, quae ignī dēbēbant īnservīre, ex summā rūpe praecipitābam. Sed propter graviōra, quae diffringī nōlēbam, rōbustam dēlēgī arborem, ipsum ad marginem, unde magis praeceps erat rūpēs. Cursuī tum dēvolventis lignī, fūne circā hujus stīpitem contortō, moderor ac temperō, dōnec ad fundum pervenit. Sed haec post aliquot mēnsēs.

Quō melius intellegat lēctor meārum rērum statum, dē situ īnsulae et varietāte tempestātum quaedam sunt dīcenda. Īnsulae lātitūdinem (quod Geōgraphī appellant) satis compertam habeō: poteram sānē in stēllā Polārī observandā errāre, sed nōn multum: gradūs, crēdō, habēbat duodecim (°) ab aequinoctiālī circulō, Septentriōnēs versus. Dē longitūdine nihil prō certō cōnfirmāre ausim: arbitror tamen atque autumō eandem esse atque īnsulae quam Portum Opulentum *(Porto Rico)* appellant Hispānī. Nostrīs vērō in chartīs nihil omnīnō hīc dēnotābātur: porrō quaenam sit meae īnsulae longitūdō geōgraphica, minimē nunc rēfert. Propter tempestātum nōtitiam satis est tenēre, bis in annō sōlem super verticem īnsurgere, ultimō ferē Aprīlis diē, sextōque ferē Sextīlis. Intrā hōs continuātur aestās, quae tamen imbribus satis violentīs dīviditur. Imber quotīdiānus ac modicus ferē ad fīnem Jūniī mēnsis cadit, sed ipsō in fīne est sānē immodicus. Post hoc siccitās et calor subsequitur. Maximōs autem calōrēs in tertiā ferē parte hujus aestātis pōnō; vel, sī ad amussim dēnotandum est, trīgintā sex diēs ab Īdibus Quīntīlibus perdūrat aestuōsum tempus. Hōs intrā diēs rārior est pluvia. Quiēscit ventus trīduum vel quatriduum; tum vespertīnus turbō sānē violentus, attamen grātissimus, āera recreat. Hic rērum ōrdō fervōribus moderātur, longō mēnse amplius. Tandem summa aestās disturbātur et quasi convellitur horrendīs et pervicācissimīs turbinibus, sēriōrī in parte Sextīlis. Hinc procellōsum illud mare, quod nostram abripuit nāvem. In Februāriō item mēnse dēbent expectārī procellae; sed neque hārum tempus praefīnīrī potest neque violentiā comparēs sunt aestīvīs. In tempestāte procellōsā abundant fulgura, post quae frīgus ossa penetrat. Sed haec frīgora sī excipiās, jūcundissima est āeris temperiēs. Pluvia ut plūrimum cadit tenuis ac dulcissima trēs vel quattuor hōrās ūnōquōque māne per plūrēs annī mēnsēs. Nisi per tonitrua, veste ad dēfendendum frīgus nōn opus est, sed contrā sōlem vestiendus es. Attamen post nimium fulgur Caurus ventus plūrēs per diēs mīrum frīgus incutit, sed semper citrā gelū. Nec calōrēs conqueror. Lūsitānum vel Anglum hominem equidem crēdō, sī neque tēmētum imbibat et carne parcissimē vēscātur, (id ipsum apud Maurōs didicī,) tōtum per annum posse labōrāre salūbriter, modo per maximōs fervōrēs prūdentiam adhibeat. In hieme certē (id est, dum sōl ā merīdiē stat) sī nimium exuāris vestīmentōrum onus, ipsīs in Angliā Anglīs ad labōrem pār eris. Spīrante Caurō post fulgura, lacernā, ac spissā quidem, carēre neutiquam potuī: ignem aliquotiēs fovēbam, sed rārō.

Ego autem quōdam diē quum pluvia mātūrē dēstiterat, cymbam ingredior rēmigōque nōn sine timōre circum illud prōmontorium quod caeruleam terminat rūpem. Plūrimās palmās videō, quās crēdidī ejus esse pretiōsissimī generis, quod vulgō *Nux Cocus* appellātur. Multae aliae arborēs fruticēsque mihi ignōtī illīc stābant, sed ipse lītoris acervus Portum meum referēbat. Tantum omnia hīc ampliōra atque ūberiōra. Dē algā saepius memorāvī. Aliud nōmen nōn succurrit; etenim nostrātibus virīs rēs ipsa ignōta est. Hīc dēnotō, algās illās, ut plūrimum, nōn marīnās fuisse, sed maritimās, ultrā summum aestūs terminum. Hī rēptantēs erant fruticēs, dīversī generis; hibiscōs, acanthōs, conjectūrā dīxerim. Sānē erant pulcherrimī, pūrīs distīnctī foliōrum ac flōrum colōribus. Dēambulō in lītore, cocōs admīror: multum cōgitō ac vēscor spē. Subitō meminī rēmōs vel optimōs ē cocī truncō fierī, scaphamque meam rēmīs carēre. Secūrim mēcum habuī. Ūnam ē minimīs cocīs statim exscindō atque obtruncō. Caput hujus in cymbam congerō, ipsam dēstinō fūne trahendam. Sed quum volō redīre, aestūs recessus mē impedit: nam circā prōmontorium, ubi fuerat mare, nunc saxa longius excurrēbant, quae metuō circumīre, nē in prōfluentem aliquam marīnam implicer. Tandem super saxīs ingrediēns, flexuōsum reperiō iter aquae, in quō cymba natāre possit. Hanc trahō, saxīs ipse īnsiliēns. Posteā truncum illum super humerīs asportō per eandem viam; mox, cymbam ingressus, mē atque mea omnia domum laetus reportō.

Caput Quīntum

Pluvia quotiēs caderet, intus mē abdidī, et in excolendā domō satis habuī operis. Armāmentārium meum praesertim cum exultātiōne cordis aspiciēbam. Arma igniāria cūncta, rīte ēmundāta, perfricāta oleō, hāmīs ad mūrōs suspendī. Mēnsam fabrīlem suō in locō cōnstituī; jūxtā hanc, repositōrium fabrīle: in angulō, ferrāmenta agrestia. Quotīdiē suum quidque in locum sevērissimē repōnō, experientiā doctus sīc facillimē quidque invenīrī, ubi festīnātō opus est. Porrō in penāriā ac culīnā multa ōrdināvī. Scālās quās ad cubiculum intrandum adhibēbam, compāgī cuidam ligneae per hāmōs ānulōsque sīc annexuī, ut, super hīs astāns, carnem suprā procul fēlibus suspēnsam possem attingere; possem quoque disjungere scālās, quotiēs vellem. Quandō mēmet objūrgō propter nimiam carnis cupīdinem, respondeō, mē ipsīs fēlibus cōnsulere, nē suum ipsae cibātum dēperdant. In penāriam cellam dōlia item atque arcās plūrēs collocāvī: aliās quidem in frūctuāriō meō. Cēterum prō culīnā sūmpseram ejusmodī cavernam, cujus in angulō erat quasi focus nātūrālis. Rīmam quandam vīdī, per quam fūmus exīre poterat: hanc ferreō vecte ampliō. Porrō forāmen majus effodiō suprā, nē fūmus per culīnam vagārētur. Exībat autem in alteram minōrem cavernam, quam prō fūmāriō dēstinābam. Hīc carnem suspendō, sīquam indūrātam velim. Tum fūmus, hōc modō diffūsus, minus erat mē prōditūrus: nam velut nebula in rūpe poterat vidērī. In lignāriō autem meō, quidquid lignī ex nāve dēportāveram, et quidquid māteriem ignis habēbat, illud omne repōnēbam. Vēla quoque hūc dēposuī, sed parum contentus locō.

Dē corpore cūrandō quaedam sī nārrem, ignōscet lēctor. Quae sequuntur, plūrēs ad mēnsēs, immō annōs, pertinent. Dīxī mē sub aquā marīnā, post tertium in īnsulā diem, vestēs immundās lapillīs oppressisse. Posteā reputābam,—sī vel sāpōnem habērem, operae nōn fore pretium hās nostrō mōre in splendōrem recolere. Spurcitiem vestīmentōrum nōn ē colōre cōnsistere, ātra essent an candida, sed ē cutis excrēmentō, quod quidem salsā maris aquā optimē āmovērētur: manibus autem ac sāpōne fricātās, dēterī vestēs. Quāpropter hās ipsās, sōle siccātās, iterum posteā induēbar. Deinde etiam simpliciōrem excōgitāvī viam.—Postquam expertus sum, vespertīna natātiō quantum reficeret corpus, dēcernō, sub sōlis occāsum ūnōquōque vespere, ipsā in tunicā, cum fēminālibus linteīs ac tībiālibus (id est, tegumentīs crūrum gossypīnis) dēnatāre in portū meō. Ēgressus aquā, exuor vestīmenta, contorqueō manibus, suspendō, alia induor. Illa altera māne sicca inveniō. Itaque recente semper vestītū pernoctor. Sānē per summās pluviās aegerrimē siccābantur rēs: tālī in tempestāte madidās vestēs in culīnā suspendēbam.

Praetereā, cutī fricandae dō operam, neque caesariem prōrsus negligō. Sciēbam enim, inter barbarōs, sī qua sit gēns sānitāte, prōcēritāte, decōre corporis īnsignis, hanc praesertim cutī cūrandae semper dedī; sīn autem mē illuviēī permīserō, in nūllam nōn spurcitiem posse dēlābī. Equidem ē nāve meās habēbam mappās atque mantēlia cum sūdāriīs. Mappae dētergendae corporī nimium lēvēs erant; mox in calōribus hās adhibuī ad genās prōtegendās, Arabum Scēnītārum mōre. Mantēlia, ut quae villōsa maximē, dum dūrābant, prae cēterīs approbābam.—In capillōrum supellectile nihil egomet habueram, praeter ūnum pectinem atque ūnam scōpulam sētōsam: sed totidem, quae magistrī nāvis erant, āvēxī, plūrēsque nautārum pectinēs. Nautīs scōpulae nūllae erant.

Scōpulās equidem magnī aestimābam; nam diffīsus sum posse reparārī. Barbae, ipsā in nāve, semper prōmittēbantur; nec in meā īnsulā mē rādēbam, quamquam habērem novāculās; sed forfice identidem tondēbam leviter aut capillōs aut barbam.

In tempestāte procellōsā, praesertim post fulgura, propter frīgus Caurī, quotiēs dēsisterem ab opere, lacernam induēbar, nec spernēbam ignis sōlātium. Sed tum maximē poteram labōrāre. Nova grāmina aut rādīcēs aut viridem zēam, optimā caule meliōrem, aut ligna reportābam; porrō utrumque trāmitem quō in summam rūpem ēvādēbam, comparābam in melius. Quippe rubram super rūpem spērābam fore ut trahula tandem subīret. Quōdam diē imber superveniēns īnfulam capitis meam hūmōre saturāvit, et, tergō profūsē madidō, caurus ventus ācerrimum mihi frīgoris sēnsum incussit. Domum cucurrī magis quam incessī, mūtātīsque vestīmentīs dēlīberābam. Sērica mea umbella ē nāve in prōmptū erat; sed ubi manūs esse dēbērent līberae, hāc ūtī nōn possem. Inter pluviās nimium sēnsī sōlis fervōrem, nec īnfulā potuī carēre. Hīc omnia nārrābō quae excōgitāvī, quamquam plūrēs per mēnsēs.

Caprārum pellēs servāveram. Sānē mollēs erant et dēlicātae. Hārum laciniās duās commodā magnitūdine abscīdī, quae prō cucullō forent. Jūnxī suprā, ā fronte usque ad occiput; inde per cervīcēs dēfluere permīsī. Ipsā in dorsī spīnā duplicēs cadēbant, contrā pluviās sōlemve umbrāculum. Caput atque adeō īnfulam comprehendēbant artē. Quoniam fēmineae quās habēbam acūs tenuēs nimis erant fragilēsque, idcircō sarcināriās adhibēbam acūs cum tenuissimīs fūniculīs: hīs satis bene cōnsuēbam. Sed depsere volō internam cutem, quod quidem artificium parum cognōveram. Ego autem cinchōnam aquā dēcoxī lentō igne, ut aquae remanēret quam minimum, quam maxima autem foret ejus potentia. Mox īnfūdī in ferreum artillātōris ferculum; superpōnō pellem, ut interior pars imbibat cinchōnam. Post bīduum, longulō ac lēvī lapide, quem prō magide aestimābam, oleum pice imbūtum imprimō atque īnfricō in pellem: jamque prō depstā accipiēbam.

Etiam summīs in calōribus vix sufficiēbat tunica, nam contrā īnsectās tībiālibus erat opus. Sed dorsī quoque tegumentō carēre nēquāquam conveniēbat; id quod probē sciunt Lūsitānī. Atque erat mihi sagulum Lūsitānum vel optimum, nisi quod propter nigrum calōrem radiōs sōlis imbiberet: quārē aut albīs testīs marīnīs aut spīnīs fortasse hystriceīs vellem sānē dorsum obtexere. Jam, quotiēs humerīs quidpiam portandum erat saltem asperum ac grave, suffarcināmentum dēsīderābam, nē excoriārentur ossa. Intellēxī spissā tegete esse opus, quae humerōs, sī onus portārem, dēfenderet; porrō sōlem pluviamve repelleret, nec imbiberet calōrem. Tāle tegumentum dēmum contexuī, postquam juncōs cannāsque īnsulae paulō melius cognitōs habērem; neque ūllō vestīmentō superbīvī magis. Contrā calōrēs superficiem tegetis madefaciēbam; inde frīgus grātissimum mē recreābat. Item mappās ac lintea quantum possem reservāns, rōscidīs foliīs callidē obvolūtīs amicior caput, ūnāque dēligō fasciā sīve taeniā. Quotiēs ex labōribus ac calōre requiēscerem in umbrā, poteram, dētractā īnfulā, crīnēs madefacere: tum vērō assūmēbam cingulum, nē in vīscera admitterem frīgus. Sīc caput frīgidulum erat, corpus tepidum.

Scapham autem, mēnse Decembrī nōndum fīnītō, gestiō īnstruere. Cocī truncum, quem dēportāveram, cortice exūtā, difficulter sānē secundum longitūdinem dissecāveram serrā, et in rēmōrum fōrmam magis magisque caedēbam. Etenim cymbae rēmī tamquam prō exemplāre prōstābant. Ad rēmigandam quidem scapham sex hominēs cum sex rēmīs adhibēbāmus, quattuor ad minimum. Ego, ūnus homō, duo ingentēs rēmōs mōliēns, nihil possem contrā flūctūs vel contrā prōfluentem maris facere: attamen restāgnante marī ac ventō, ūnus prope dēbilis rēmex aliquantum ūsuī foret. Circā Kalendās Jānuāriās serēnissimā in tempestāte mālō vēlōque scapham īnstrūxī. Ancoram ejus cum ancorālī atque illā arcā, item tollēnōnis ferrāmenta, jamdūdum ex arēnīs recuperāveram. In portū saepius exercēbam tum vēla, tum rēmōs; hōsque in melius figūrābam. Quōrsum haec, nesciēbam equidem: enimvērō nisi perquam lēnī aurā nōn audērem exitum; sed in scaphā vidēbar quasi novam quandam tenēre vim, necnōn ipsam nāvigandī artem inānī amōre fovēbam. Mox operae, quam prius in scaphā nāvāveram, diffīsus, iterum carīnam sarcīvī. Ubicumque rīmās metuō, argillam pice oblitum firmissimē īnferciō, dōnec omnia vidērentur tūtissima.

At marīnās prōfluentēs, sī quae essent requiēscente ventō, volēbam propter scaphae salūtem cognōscere. Hās ut explōrārem, clēmentissimō sub ventō, ulterius merīdiem versus in cymbā prōcessī. Ecce autem, quandō duo amplius mīllia eram ā terrā, jugum montis longē altius quam excelsus ille collis ā quō ter, quater prōspexeram. Ab hōc monte terram opīnābar sēnsim dēsidēre usque ad hortōs meōs. Jam videō, sī īnsulam ac maria rēctē prōspectāre vellem, montem illum esse cōnscendendum; idque meditor. Posteā recordor, mē ipsō ā colle eundem vīdisse montem, sed tantam esse ejus altitūdinem tunc nōn suspicātum. Quamquam neque mītēs vellem ferās timōre meī implēre, neque prōdigere nitrātum pulverem, dēcernō tamen exercendam esse jaculandī artem, nē oblīvīscar, nēve ipsa arma rōbīgine corrumpantur. Versicolōrēs quidem avēs, quālēs ferē inveniēbam, vix mē fugiēbant; sed aquāticae quaedam volucrēs, nostrīs nōn valdē dissimilēs, omnī āstūtiā ac metū ēvādēbant mē. Hās crēdidī advenās esse, assuētāsque hominibus: praecipuam eārum sēdem posteā cōnspicātus sum. Ego autem hās prō cibō et propter tēlī exercitātiōnem occīdō. Anatēs erant, ānserēs, olōrēs, plūmīs fōrmīsque nōn omnīnō nostrārum ad īnstar, porrō plūrium inter sē generum. Hās, ut plūrimum, plumbulīs in ōrā tantum maritimā petēbam, nē tēlī fragor cēterās terrēret ferās: canis autem, sīve in terram sīve in aquam dēciderent, ācerrimē eās reportābat. Sī prōtinus comedere nōn placēret, nec egērem quō canem pāscerem, in fūmāriō suspendēbam. Quippe fūmus et mātūrābat carnem et putrēdinem āvertēbat. Assae potius quam aquā coctae mihi placēbant; sed carbōnem, Anglōrum mōre, altē exstruere nequīvī. Suprā ignem assāre necesse erat: quārē ālitem, membrātim concīsum, fīlīs ferreīs, tamquam verubus, trājectum, vīvās suprā prūnās ambūrēbam.

Eōdem ferē tempore columbās quāsdam facillimē nancīscor. Dum colle regredior obambulāns, ālārum strīdōrem audiō: mox conversus volātum quasi columbārum agnōscō. Hae avēs in cavum saxī locum sē recēpēre, quem oculīs facile notāvī, crēdidīque mē posse illūc ascendere. Postquam cūncta conjectandō ēmēnsus sum, virgam arboris abscissam prō signō terrae īnfīgō: tum domum redeō meditāns. Quantum possum celerrimē columbāriam cellam, perlevem illam quidem, compangō: hanc humerō portāns eundem locum repetō, post bīduum. Virga illa ēminēns fit index; saxum ascendō, plūrēsque in cavīs inveniō nīdōs, quibus ōva nōndum inerant. Ūnum nīdum in columbāriam meam cellam trānsferō; mox advolāvit columba, intrāvitque cellam nīdum repetēns. Id gaudeō, et relinquō cellam. Post plūrēs diēs reversus avem nīdō īnsidentem inveniō: quam ipsā cum cellā mōtū clēmentissimō reportō domum; atque illa intrepida manēbat. Conjunx posteā subsecūtus est: ambōbus, ut poteram, quotīdiē dabam cibātum. Posteā turriculam cōnfēcī columbāriam, columnae innīxam, sēcūritātis ergō: nec pullōs volēbam mactāre, sed in spem ampliōris prōlis reservābam Cibī quidam satis superque mihi erant, sī modo convehere possem. Sed quō magis rūminor, labōrem dēportandōrum frūctuum horreō magis. Haedōs in praesaepe redūxeram, nē grāminibus quoque congerendīs dēfatīgārer; tamen illā in convalle dēpressā oneribus gravābar, neque trahulam poteram adhibēre, propter novārum herbārum luxuriem. Dē tractōriīs jūmentīs paene dēspērāvī, vidēbarque in servitūtem labōriōsissimam dēvōtus; sīn requiem captō, prōtinus mēns fīēbat miserior.

Accēdēbat quod calceāmentīs dēficiēbar. Nautae super nāve aut nūdīs pedibus aut tenuissimīs soleīs agēbant. Caligās ego et magister nāvis habēbāmus, sed ego magnitūdine pedum superābam. Porrō saepius ex necessitāte mare ingredientī, corium caligārum sē contrāxerat. Ego autem post trēs labōriōsōs diēs, pedibus aeger, nōlēbam exīre. Omnium rērum mē taedēbat. Nova lūna jam intrāverat. Axem ego quadrātam coepī incīdere, īnscrīptiōnem quasi sepulcrī dēsignāns. Tālis erat:

REBILIUS CRŪSŌ,
Anglōrum cīvīs,
Maurōrum captīvus,
Braziliēnsis colōnus,
Hīc naufragus sōlitārius,
Hominum miserrimus,
Quīntum jam mēnsem ēnecor.

Illud iterāvī ter quaterque, hominum miserrimus. At subitō vōcem quandam sēnsī, nōn auribus, sed corde: "Tūne omnium miserrimus? Tū, quī summā pāce frueris, in pulcherrimā ūberrimāque īnsulā, sānō validōque corpore! At nē tē Deus Maurīs iterum praedam prōjiciat vel morbō feriat!" Cohorruī. Tum reputābam: "Anne hoc illud est, quod vātēs sacrī summā in sōlitūdine afflātum Deī quaerēbant? Numne igitur mē quoque intrat ille afflātus?" Mīrē profectō agitābar. Dein mēmet increpuī: "Ō fatue Rebilī, sānae nōn es mentis. Imāgināriā sapientiā vērāque dēlīrātiōne capiēris, sī dīvīnam crēdēs tē audīre vōcem." Prōtenus velut dēmortuus hominibus, vīvus necessāriē cōram Creātōre meō, mīrā quādam ac novā audentiā illum compellābam, et quasi vōtum concipiō. "Ō Suprēme! quisquis es (inquam), nimius tū es mihi: pavēscō fānāticam dēmentiam. Sed dulcem redde hominum aspectum; tum prūdentius tē cognōverō, plēnius venerābor." Post haec tranquillior fīēbam: sed perīculōsa esse sēnsī intervālla industriae, nisi oblectātiōne aliquā sōlārer. Quārē pictam avem psittacum, sī possim, capere ac mānsuēfacere dēcernō, sī forte mēcum colloquātur. Dē macacō cōgitāveram; sed timuī hās bēstiās, nē malignō forent ingeniō: sānē aliōrum generum aliī sunt mōrēs: itaque hoc cōnsilium dēposuī.

Mox leporēs quoque volō capere. Quippe saepius captāveram, neque ars mea prōcesserat. Leporēs illī (seu rēctius cunīculī: ita crēdō: sed quia carō leporem potius referēbat, idcircō ex prīmā illā nocte leporēs semper appellāveram;) attamen gallīnārum domesticārum mōre sē gerēbant. Quam proximē sinēbant mē adīre, tangere nōn sinēbant; sed in cava terrae prōrumpentēs, inde mē intuēbantur. Laqueōs īnstrūxeram plūrēs, sed frūstrā: jam piscandō experiendum esse arbitror. Super nāve flagra aliquot rōbusta erant, quae (nam fatendum est) ad flagellandōs nigrītās comportābāmus, sī ratiō tulisset. Hōrum tria offenderam, āvēxīque propter lōrōrum ūsūs. Nunc ūnīus in fīne hāmum piscātōrium grandiōrem affīgō. Virgam quoque praeparō tamquam piscātōriam, sed breviōrem, resticulā īnstrūctam: huic fasciculum tenerārum herbārum adnectō. Trēs sacculōs super humerō portāns cum virgā flagrōque, leporum adeō locōs. Sinistrā fasciculum jactāns, ad lūdum alliciō. Post paulō lepus incipit, ut fēlium catulī, persequī fasciculī cursum ac grāmina ejus subinde rōdere. Flagrum ego dextrā tenēns, opportūnitātem reī gerendae opperior, subitōque prōjectō hāmō, super caudā leporem opprimō. Cōnfestim arreptum attineō, sacculōque immersum. Tantōs ille ciet strepitūs, ut cēterī accurrant mīrābundī; dumque obstupēscunt, alterum verbere hāmī assequor. Animadvertō marem esse ac fēminam; quārē satis habeō, laetusque dēvehō praedam. Sub rūpe ubi cava loca abundābant, crēdō nōn male habitātūrōs; posteā ad mānsuēfaciendōs operam adhibuī.

De calceāmentīs pauca sunt explicanda. Quoniam labāscēbant omnium caligārum coria, sēnsī validiōre esse opus tegumentō pedum: idque juncīs ac lentā quādam cortice plicātīs concinnāvī. Ē juncīs, quōs dīversī generis plūrimōs in sōle siccāveram, eōs dēligō quī lentī simul et relūcentēs vidērentur: nam quidquid relūcēret, id caunārum mōre pluviās optimē rejectūrum crēdidī. Ex hīs plicāvī marsūpium, cujus fōrma erat pedis īnstar ā convexō ad calcem praecīsī. Dein ē corticibus, quās mācerāveram, lōra plicāvī, lāta minus duo digitōs. Veterum caligārum fundum vel soleam sub marsūpiō illō positum, dum pēs meus inerat, lōrīs illīs circumligāvī, nōdāvīque super tālō. Rudis sānē hic calceus erat, attamen aliquātenus certē pedem prōtēxit vulneribus. Nōn absurdum erit hīc dīcere, mē ipsā in Brazīliā contrā īnsectās saepe Persicōs gestāsse socculōs, ē tapēte factōs. Per hōs nōn possunt culicēs mordēre, sed spīnae sentēsque facile penetrant.

Caput Sextum

Circā Īdūs Jānuāriās ad montem explōrandum accingor. Lacernam capiō cibumque, sī forte pernoctārī opus sit. Mollissimōs induor calceōs: prōspeculum adnectō balteō. Adsūmō canem. Sed ante exortum sōlem ēdūcō haedōs, et (quod mōris meī erat) commodō in locō paxillīs dēstinō. Tum ex convalle dextrōrsum surgēns juxtā aquam dēsilientem pergō, saltum versus meum. Sed ascendō jugum, quō lātius prōspectem, saltumque subtus in laevā faciō. Modica erat acclīvitās, sed continua. Sub soleā mihi breve erat grāmen,—molle, frīgidulum, nōn impediēns. Quō magis īnsurgēbam, largior erat aura ac plēna vigōris. Facile līberēque incēdēbam. Dextrā, caprōrum videō scopulōs ac pāscua; sed ad sinistram magnō flexū redeō, dein convallem flūminis nōtam attineō suprā, moxque hortōs meōs. Hōs simul ac praeterīveram, sinistrōrsum lēnī dēflexū contendēbam, incēpīque ipsum montem oblīquē ascendere. Jamque intellēxī, longē facilius hōc cursū quamvīs longō hortōs adīrī; nam propter aurās montānās, siccius solum, breviōrēs herbās, nōn modo nōn dēfessus, immō recreātus sum itinere. Ubi aquula quaedam ā monte dēsilit, canis incipit lambere. Sīc monitus, cibīs commūnicātīs, vēscor bibōque. Ut prīmum monte dē summō prōspexī, praegestiēns cūncta admīror. Valdē praeceps erat mōns occidentem ac Septentriōnēs versus, id est, ad mare. Ipsa aetheris clāritās extentusque Ōceanus pulcherrima erant. At ego propius circumspectō alterum in latus, unde clēmentissimē surgēbat tanta altitūdō, illam vallem lūstrātūrus in quā superne hortī erant meī. Penitus dēspicere nequīvī, sed per oppositōs clīvōs cursum ejus usque ad mare indāgō. Aestus tunc quam maximē recesserat; laetus tamen animadvertō rīvum sē in mare effundentem, duōsque quasi hujus tribūtāriōs dē dīversīs rīpīs rīvulōs, quōrum utervīs scapham meam possit excipere. Per prōspeculum dispiciēns, facile vīdī palmās astāre praegrandēs ōstium rīvī versus et paene ad ōram maris. Postquam illāc satiāvī oculōs, conversus in aliam terrae regiōnem aspectō. Vasta hīc subjecta est silva usque ad ultimum īnsulae lītus. Dēclīvitās modica erat, nec continua: quīndecim mīllia silvae ad minimum haec aestimābam. Nē prōspeculī quidem ope ultimārum poteram arborum nātūram cognōscere, cēterum proximae ultimaeque valdē erant dissimilēs. Ad Aquilōnēs Juga Caprīna (sīc enim nōminābam) scaenam conclūdēbant, sed mare superēminēbat. Haec dum commeditor, prōspectōque circumcircā, repente terram ē longinquō videor vidēre merīdiem versus. Dispiciō, anne sit nebula. Etiam atque etiam contemplor: dēmum agnōscō lātissimē porrēctam terram, valdē humilem, sed terram tamen. Prīmō mē spē illud ac gaudiō affēcit. Continentem Americae merīdiānam esse prōnūntiō: mox fateor, nihil id ad mē. Etenim tālis regiō sōlitūdō est vastior, foedior, immānior longē quam haec est īnsula. Fac abesse barbarōs hominēs panthērāsque; at illīc sī forem, aut in lātissimā atque inhūmānā arēnā prōjicerer, aut (quod crēdō potius) in aggeribus silvōsīs maximī alicujus fluviī, inter palūdēs immēnsās atque īnsalūberrimōs vapōrēs. Sānē haec īnsula prae continente illā tamquam Paradīsus est. Retorqueō oculōs meum versus rēgnum, contentus, laetiorque; tum dīrēctā incipiō viā dēscendere, dōnec tōta mihi vallis patet. Mox hortōs meōs cōnsīderāns, fruticēs observō grossulāriīs nōn dissimilēs, quibus propiōrēs clīvī distīnctī sunt. Hōs versus dīrigō gradum. Magis magisque ūvidum inveniō hoc latus jugī, velut spongiam; id quod rīvum perennem prōmittit, herbīs pluviālem aquam multōs per mēnsēs sustentantibus. Fruticēs autem illī in sicciōre stābant ōrā, quamquam prope ad ūmida. Vītēs recognōscō, et ūvās crēdō posse suā in tempestāte hinc dēferrī. Porrō crūda māla citrea colligō plūra līmōnāsque ad dēliciās bibendī.

Regredior paulātim dēscendēns, dōnec ad jūnctūram vallium pertingō. At ipsō in laevō vallis latere quasi viam nātūrālem caespite obductam cōnspicor, quae dēclīvitāte perquam modicā saltum versus meum dūcit. Per hanc libet dēgredī. Nusquam minus decem pedēs lāta erat. Suprā ad laevam, īnfrā ad dextram, clīvus satis arduus erat, herbīs multōrum generum abundāns, sed in fundō arboribus cōnsitus dēnsissimīs. Agnōvī prōtinus, facillimē posse in trahulā meā ex hortīs hāc viā frūctūs ad rūpēs super cavernīs dēvehī; nam caespes erat brevis, dūrissimō in solō atque (ut arbitrābar) calcāriō; jamque ūnō in cōnspectū prope tria mīllia viae hujus patēbant. Dēambulāns alacer, saltum tandem meum in laevā praetereō, mox dēsilientem illum rīvulum assequor, videōque nōn posse trahulam sine ponte hāc trānsīre. Sed tālem pontem nōn magnī esse operis jūdicō.

Praeclārum sānē vidēbātur hujus diēī iter. Laetus, atque idcircō līberālior, trīticō atque hordeō Eurōpaeō columbās largiter pāscō. Hās frūgēs in sacculīs conditās ē nāve asportāveram, sed parvī aestimābam; nunc columbīs largior. Neque umquam sānē hās avēs neglēxī, sed inter famulōs reputāns, plūs minusve cibī impertiēbam. In ūniversum aestimantī, trēs partēs nātūrā dīversās īnsula exhibēbat,—frūctiferam, sterilem, silvestrem. Sterilia ac sicca Caprīnum opīnor Jugum collēsque vel grūmōs inde porrēctōs usque ad portum meum: ultrā Jugum quidnam fuerit, nōndum vīderam. Spatiō longē minimō fortasse erat frūctifera; sed ubi tantae silvae, ibi frūgēs aliquandō esse possent.

Equidem postquam sēnsī quantō cum labōre rādīcēs ēsculentās ē convalle humerīs portem, placuit cymbā dēvehere, sī cum aestū maris flūmen ascendere possem. Quōdam diē hōs propter ūsūs solitō mātūrius illātenus ascenderam, ubi quaedam humō nāscentia colligerem; tum, nisi contrā aestum mē dēfatīgāre vellem, duās ferē hōrās erat cōnsīdendum. Quārē cymbā trānsgressus flūmen, regiōnem ex Occīdente oppositam explōrō. Ōstium versus flūminis valdē praeceps erat rīpa, sed ubi aestus maris dēsinit, lēniōrem habēbat clīvum. Collis calcārius esse vidēbātur, alterī illī super cavernīs meīs simillimus. Simul ac culmen attigī, mare versus omnia esse praecipitia intellegō. In brevibus herbīs prōstrātus, caput ultrā marginem rūpis prōtendō, ejusque rādīcēs subtus videō undīs etiamnum lavārī. Ulterius ad Septentriōnēs surgēbat mōns īnsulae ille altissimus, quam explōrāveram. Celeriter ea vīdī quae maximī erant, redeōque properus. Vix attingō cymbam, atque trēs cōnspicor psittacōs in rāmīs cōnsīdentēs. Flagrum arripiō (id erat in cymbā), item illicō virgam dēcīdō. Concitātiōre flagrī verbere psittacum assequor, hāmōque dēprehendō. Rōstrum ejus metuēns, sarmentō oculōs meōs prōtegēbam. Ille autem subitō dolōre territus, prōrsus exuit fortitūdinem, neque valdē reluctābātur. Itaque sarmentō, quod in laevā tenēbam, caput ejus opprimō, mox pede inculcō sarmentum, expedītōque cultellō ūnam plūmam circumcīdō. Nē longus sim, fūniculō attentum dēvehō domum, asperiōre captūrā nihil gravius perpessum. Fūne pede dēligō, perticā ad īnsidendum datā. Facilius id vidēbātur, quam caveam ē cancellīs facere.

Ego autem captīvīs leporibus cōnsulēns, dōlium quoddam ē perfrāctīs trānsennā īnstrūxeram: hīc in cavō rūpis dēgēbant. Fīmus caprīnus, quem ē stabulō ēgererem, in sicciōre humō appositus, locōs praeparābat in quibus caespitēs herbāsque leporibus dīlēctās dēfoderem. Leporēs summā cūrā pāscō ac mānsuēfaciō.

Sed in nārrātiōne meā paulum nunc regredī opus est. Ut mē oblectārem, saepius librum sūmēbam; aliās mathēmaticum illum, quī teneram cūram prīmī meī atque optimī patrōnī revocābat; aliās geōgraphicum. Hinc quōdam diē dē Indīs ēdiscō, quam prūdenter ferōs elephantōs mānsuēfaciant. Equidem dē caprīs meīs ad trahulam jungendīs cōgitāveram, sed nōndum grandēs erant: hārum autem opperīrī aetātem, longum vidēbātur. Jam, hīs perlēctīs, crēdidī, posse caprum ferum pariter ac ferum elephantum ad quamlibet aptārī disciplīnam, cujus quidem ipsīus nātūra foret capāx: cūncta in eō vertī, ut feram in manū tenērēs. Rē ponderātā, dēmum ēgressus sum, certus dēpugnandī. Duās succingor pistolās, quibus mē in extrēmīs prōtegam; sed restibus laqueīsque sum frētus. Laqueīs duōbus tribulōs ferreōs, sī rēctē rem nōminō, validissimē annexueram. Tribulī autem tālī erant nātūrā, ut, hominis pede oppressī, trīna spīcula in solō dēfīgerent. In rēticula herbās comportābam eās quās maximē dēligēbant caprī. Canem domī cōnstringō, atque sīc armātus sēdēs petō caprīnās. Plūrēs ibi videō caprās atque haedōs; mox caprum quendam grandem ac rōbustum contemplor, (vix minor erat quam bonus asinus) quī vīribus cōnfīsus seorsum agēbat. Hunc adeō, herbās suāvissimās porrigēns. Ille autem neque territus neque īrātus, accēdit rōditque libenter. Herbās in humum prōjiciō, dumque pāscitur, laqueōs cum tribulīs super cornibus impōnō. Tribulum ūnum pede pressum humī īnfīgō; dein, antequam sentiat, inculcō alterum quoque, et sub pede attineō. Prōtinus gnārus sē illigātum, in posteriōribus crūribus sē ērigit, sūrsum capite nītēns: ego autem tertiō laqueō pedēs ejus prīmōrēs involvō. In eō erat ut alterum extraheret tribulum, quandō artē cōnstrictīs prīmōribus pedibus, quōs in āere habēbat, ego asperrimē trūdēns dējiciō eum in latus. Cōnsīdō in armum, inculcāns cornū. Ille autem sīc dēpressō capite pedibusque correptīs, onus violentissimē dētrectābat, sed nequībat excutere. Ego nōn invītus sinō eum sē dēfatīgāre calcitrantem, sūbulamque grandem ac lōrum expediō. Summā in tranquillitāte labrum ejus superius perfodiō, atque īnserō lōrum, quod ānulī īnstar concinnō, plūriēs nōdātum. Tribulīs novō in locō dēfīxīs, amplius paulō lībertātis pedibus ejus permittō, ut amplius sē dēfatīget frūstrā connītendō. Tandem dēfessus, sūdōre perfūsus, requiēscit. Herbīs in reticulum recollēctīs, surgō; convellō tribulōs, appendōque cervīcī ejus; tum labrō trahō lēniter. Is, dolōre gemēns, ērēxit sē, invītusque sequēbātur, pedibus etiamnum cōnstrictīs, sed nōn adductē. Sīc quīnquāgintā forsitan passūs eum dēdūxī. Tum subitō reluctābātur; sed dolōre labrī percitus, cornū mē feriēbat: id vērō facile caveō, lōrō subtrahēns; simul, iterum adductō laqueō, praepediō crūra. Sānē ille tōtus contremīscere, praeteritōrum memor et posthāc mē sequitur oboedientissimē: quod simul atque animadvertō, porrigō herbās ante nārēs. Nōlēbat rōdere, sed odōrem libēns captābat; jamque facile eum in saltum meum dēdūcō. Ibi arborī firmiter alligātum famē parō expugnāre. Porrō id nūllīus erat labōris; etenim postquam haedōs jūxtā affīxeram, mixtā crūdēlitāte et clēmentiā mox plēnissimē est domitus.

Explōrātō, posse feram sīc subigī, post aliquot diēs capram pariter aggressus, hanc quoque vel facilius dēdūxī. Duo haedī grandēs ac paene adultae mātrem ad praesaepe volentēs secūtae sunt; tum novā veterī admixtā catervā cito maerēre dēstitit. Itaque grex meus jam caprum habēbat ac capram, item trēs haedōs duāsque juvencās caprās. Ego vērō cūnctōs incipiō trahulā cōnsuēfacere. Difficile sānē est rēs gestās ōrdine statō nārrāre. Quippe perpetuō variābantur labōrēs meī, neque umquam ūnō quasi nīsū ūllum opus perfēcī, sed particulātim operābar, seu tempestāte caelī mōtus, seu phantasiā, vel subitō aliquid recordāns; et sīquid parum bene valēre crēderem, reficiēbam in melius. Dē piscātiōne meā mox sum dictūrus. Sīc, inter labōrēs multōs et ōtiī paulum, praeteriēre mēnsēs.

Circā Kalendās Aprīlēs, ut crēdō, imber mātūtīnus (dē quō memorāvī) largior et almior cecidit. Mīrum inde vigōrem nacta sunt omnia quae gignit humus, mīramque ego ipse voluptātem percēpī. Exspatiandum dēcernō. Ad speculam meam (dē quā ante memorāvī) ēnīsus, prōgredior ut lītus ad Orientem amplius cognōscerem. Duo mīllia fortasse passūs prōcesseram, quum viam quandam *Lūnātam* videō (sī sīc licet appellāre), quae flexū continuō, acclīvitāte modicā, ab ōrā maris palmārum ferācī ad culmen hujusce regiōnis dūcēbat. Jam praeter ōram maritimam duo numerābam prōmontoria duōsque sinūs: nunc *Tertium* hunc appellō sinum. Cēterīs in rēbus prīmō nihil novī exhibēbātur, nisi quod arēnae extendēbantur lātissimae. Plūribus hās rēbus distīnctās vidēbam. Expedītō prōspeculō, marīnās dispiciō testās,—immō testūdinēs,—dīversissimās magnitūdine. Id quidem gaudeō. Porrō hōc in sinū palmae ita dominābantur, ut vix quidquam aliud inter arborēs dēsuper vīderim. Palūdēs autem longiōrēs in rūpibus continuābantur suprā palmās illās. Ut explōrem cūncta propius, palūde quādam nōn facile circuitā, dēscendō ad ōram maris. Tria palmārum genera agnōscō, flectō sēnsim ad sinistram, dēmum Lūnātā illā viā domum redeō. Posteā mēcum excutiēns, cūr in portū meō cactī optimē crēscerent, palmārum nihil esset; colligō, quia palūdēs apud mē super rūpibus nōn sint, idcircō neque cocōs neque aliās palmās nāscī. Jam dē grege quotīdiāna mē incessit cūra, ignārum quid sānitātī necessārium foret, et quantus ac quālis hujus aestātis calor. Multa fēcī, mox īnfecta reddidī; quae nārrāre nōn opus est. In saltū meō novum praesaepe meditābar. Sed haedōs nōn effugitūrōs crēdō, retentīs caprō caprāque; igitur solvō. Canis autem tunc mēcum erat, ipsum ad saltum. Is, simul ut haedī excurrere in prāta coepērunt, novā lībertāte gestientēs, ipse lūdī fit particeps: quippe collūsōrem diū nōn habuerat. Tum mihi aspectus sānē erat jūcundissimus. Caper, immō capra, ut crēdō, brevī in curriculō plērōsque canēs vēnāticōs superat, sed canī perdūrat vēlōcitās. Ipsae sē haedī tam pernīcēs ostendēbant, ut nōn sine magnā contentiōne canis eās praeverterit. Neque volēbant effugere; nam iterum iterumque redībant. Ego vērō omnium hilaritāte exhilarātus, increpō mēmet, quod cicurēs animantēs tam innocentī voluptāte prīvāverim.

Caprōs hōs dictitō; attamen nēquāquam erant nostrātium caprōrum ad normam. Antilopās equīnōs vel ὄρυγας fortasse quis illōs appellāverit. Cervīx hōrum carnōsa et arcuāta, armus amplus plānusque, equum generōsum referēbat. Pellis brevissimō dēlicātissimōque villō sīve lānūgine, colōre mustēlīnō, vestiēbātur; neque saeta inerat neque pilus, praeterquam in jubā atque in maris barbā. Juba ferē tōta in ipsō sēdit armō. Lacertōsiōrēs erant quam dāmae fulvae; ferō potius cervō comparāverim. Cētera erant rotunda, bene compācta; crūra autem gracilia, ex osse dēnsissimō. Os frontis valdē rōbustum crēdidī. Cornua nōn recurva, sed propiōra taurīnīs; id quod arcuātae cervīcī crēdēbam aptius. Caprae cornua divergēbant aliquantum. Antehāc cūnctōs in trahulā exercueram, sed sine pondere: pondus nūdō dorsō saepius impōnēbam: nunc caprō capraeque quotīdiānum labōrem adjūdicō, sī rēctē possim apparāre. Retinācula fūnālia trahulae adaptāveram, sed collāre tractōrium longē erat difficilius. Quidquid compēgeram, rudius esse sēnsī: id enim erat agendum, ut nē pulmōnem onus opprimeret. Vīdī tamen armōs cervīcemque equīnīs esse tam compariā, ut sī male rēs cessisset, artifex culpandus foret, nōn animal. Nihilōminus totiēs male rem gessī, ut dēstiterim amplius hāc in viā cōnārī. Fūnēs dēmum meōs circum frontem, cornibus sustentātōs, composuī; id quod sī nōn optimē, at satis bene cōnfēcit rem.

Ligna quae superne ad rūpis marginem convēxī, ut plūrimum dēvolvō, trahulā suprā relictā. Ferē quotīdiē post fīnītum imbrem haedōs cum cane submittō in clīvīs lūsūrōs. Valdē mihi placēbat, quod canis circumcurrere et circumscrībere eās, pāstōriciī canis mōre, magis in diēs discēbat. Ego autem, sī longiusculē abesse vidērentur, jubēbam: "īret, redūceret:" quod quidem ille, quasi probē intellegēns, cōnfestim faciēbat. Porrō grex ipse canem dīligere vidēbātur. Jam spērābam nōn necesse fore ut hās vincīrem, quae ferae lībertātis nōn recordārentur. Aliud quoque mox excōgitāvī. Ex virgulā quādam, puerōrum nostrōrum mōre, cavātā ac terebrātā, fistulam cōnfēcī. Hāc clārē canēbam quotiēs gregem eram pāstūrus: immō, sī in viā inter trahendum caprō forem vēscendī factūrus cōpiam, fistulā anteā sēdulō sonābam; neque umquam eōs frūstrābar, sed post illum cantum, aut cibātum illīs aut pōtum fidēlissimē afferēbam. Inde factum est, ut sonō fistulae libentissimē accurrerent. Dē cibō meō restat aliquid nārrandum. Pānem nauticum ac farīnam ē nāve eō magis cōnsūmēbam, quia verēbar nē mūcēscerent. Videō autem, sī Summī Nūminis dēcrētō hīc diūtius mihi sit dēgendum, domesticīs opus esse cōpiīs. Quidquid herbārum, arōmatis, frūctuumve condiat cibōs, sī nec ponderōsum sit et cōnservārī queat, id fateor ā longinquō nōn male importārī: sed quidquid sit quō vēscar praesertim, hoc omne sub meā esse manū oportēre crēdō. Igitur agellum vel angulum potius in portū dioscōreīs dēstināveram, sī humum idōneam afferre possem. Siccātae carnis paululum restābat, neque id jūcundum. Leporem, praeter prīmum illud ā cane, nōn gustāveram; sed piscēs facile capiō,—id quod explicandum est. Prīmō līneā hāmīs īnstrūctā piscābar, sed hujus valdē taedēbat mē. Posteā pōne cymbam parvum verriculum trahēbam, quod identidem scrūtābar, plūrēsque hōc modō piscēs capiēbam. Mox alia succurrit ratiō,—ut ōstium portūs verriculīs trājicerem; idque fēcī, quamvīs difficile erat valida ferrāmenta in scopulōs illōs (Postēs quōs dīxī) īnfīgere. Clāvōs spīcātōs ē ferrō optimō postquam satis acuī, malleō artillātōris sīc impēgī, ut angustās rīmās inter saxa exsculperem: hūc adēgī ferrāmenta, quibus rētia innīterentur. Aestus alluēbat piscēs, quōrum aliquot saltem numquam nōn relinquēbantur in verriculīs. Interdum magna vīs capiēbātur; tunc maritimae avēs per rētia irruentēs mēque et praedam meam vexābant. Quoniam corticibus sublāta natārent verricula, piscēs attinēbantur sub aquā, quae profunda erat in ōstiō. Itaque hoc meum aestimō esse vīvārium, unde piscēs, quotiēs velim, nōn magnō labōre capiō. Magnum mihi labōrem attulerant verricula; sed animum meum, dē cibātū canis fēliumque ānxium, sōlābantur.

Profectō quandō dē meīs labōribus mēcum reputō, illa mihi interdum subit animum contemplātiō, anne, sī optimus parēns, ut erat tenerrimus, sīc sagāx fuisset meaeque intellegēns indolis, posset forsan mē domī apud sē tenēre, contentum atque beātum. Nae, sī probē mē nōsset, nōn in Anglicārum lēgum studia,—semper ārida, jejūna, saepissimē praeposterā,—incumbere mē voluisset; sed impigrum ac strēnuum aliquod opus, ubi oculus manusque viget, tālī commendāsset fīliō. Poteram autem patriae lītora vel agrum lātius pervagārī, parentibus nōn dērelictīs. Etenim meminī, quandō eram in Brazīliā, quamdiū nova erat opera, mīrā mē vehementiā eam semper persecūtum esse. Nempe ut fortis equus īre vult, sed quōrsum aut quārē, nescit; sīc impetū quōdam ad agendum īnstīgābar, nūllō satis certō āctiōnis fīne prōpositō: itaque, rem quampiam assecūtus, simul fastīdiēbam. Nec ūlla profundior causa in fūnestam illam et scelerātam nāvigātiōnem mē prōpulit, ex quā in exilium trīstissimum et labōriōsissimum sum dētrūsus.

F. Lydon. Del
J. Ford. Sc

Caput Septimum

Dē capiendīs piscibus memorāvī: dē coquinandīs addō pauca. Octo decemve piscēs, vel pauciōrēs sī grandēs erant, rapidō igne leviter ēlixābam, tum pinnās,—id est, tōta latera,—capita, caudās, fēlibus meīs reservābam. Magnā spīnā extractā, cēteram carnem aut super crāticulā leviter torrēbam, aut cum fabīs vel grānō admiscēbam prō canis cibātū. Equidem in verriculō saepius marīna animālia inveniēbam, quālia nēmō piscēs nōmināverit: porrō piscium genus valdē carnōsum, quod magnī aestimābam, squātinīs nostrīs simillimum. Illud addō: sī vellem, poteram facillimē grallātōriās avēs quae inter cautēs aut ipsō in portū piscābantur, igne dējectās capere: sed carnem piscōsam fore crēdidī, pulveris nitrātī dispendiō male ēmptam.

Farīnā autem ēlixā cum piscibus vēscēbar prīmō; mox Arabum mōre assās placentās faciēbam. Nempe, combustīs super ferreā lāminā vel plānō saxō lignīs, prūnās submovēbam; placentās ūdās in calidā superficiē positās sub patellā ferreā obtegēbam: huic iterum superingerēbam prūnās. Placentae subter, velut in furnō, coquēbantur: sed fermentāre placentās nesciēbam. Dē hīs hāctenus. Cēterum dē pulchritūdine rērum quae domicilium meum cingēbant, nōn eram incūriōsus. In flōribus aut foliīs sī quid excelleret, plūriēs reportāvī aut rādīcem aut sarmentum, quod dēfoderem in cavernārum vīcīniā. Summā in aestāte cocī nucem, quae suā ex arbore dēciderat, reportāvī mēcum, plēnē mātūram crēdēns; mox ipsō in portū meō serendam dēcrēvī. Etenim sīc commentābar mēcum: "sī properē in Angliam āvehar, numquam mē paenitēbit hanc sēvisse arborem, plūrium fortasse parentem, aliōrum hominum domicilium ōrnātūram: sīn hāc in īnsulā dētinear ultrā biennium, gaudēbō arbusculam vidēns surgentem." Sēdulō dēlēgī locum serendī, congessīque humum ūberrimam; statuō irrigandam esse dīligentissimē. Post diem sānē labōriōsum, dum sub astrīs vēscor et bibō, antequam mē in aquārum lavācrum committam, mīror quamnam ob rem mē tantopere fatīgem. "Anne, Ō fatue Rebilī, nihil tibi esse operis putās? Timēsne, nē facile nimis vīvēns, socordiā opprimāris?" Tum respondeō: (etenim mōris meī erat, multa clārē loquī. Nisi hoc fēcissem, patriae linguae forem oblītus: immō ipsum mentis acūmen hebetātum foret. Sed prope omnia mea difficiliōra cōnsilia, plēnā ōrātiōne prōnūntiandō, dēfīniēbam magis et cōnsummābam.) Itaque respondeō: "Cibus, vestis, domicilium, vītam asservant hominis; sed pulchritūdō beātam facit vītam. Ad portum meum adōrnandum, in honōrem ejus et pulchritūdinem, cocum nucem cēterāsque rēs cōnsēvī." Extemplō etiam clārius, "Ōh fatue Rebilī! (inquam) hominum neutiquam miserrimus es tū, quī adōrnandō domiciliō dās operam."

Aliam rem, absurdum forsitan, nōn absurdum erit lēctōrī commūnicāre. Quārtō diē postquam cocum īnsēvī, longius dūrante pluviā, tempus computābam, inveniōque nātālī mātris diē mē illam sēvisse nucem. Mox meminī, quam incertum sit, vīvatne māter an mortua sit. Mīrē tangēbar et tenerā perfundēbar memoriā. Tum quia plūrēs nōveram vel audīveram, quī praesāgium mortis alicujus sē habuisse crēderent, hoc mihi ipsī mātris mortem ōminārī vidēbātur. Etenim jam fassus sum, mē, simul ac opere cessārem, maestum saepius ēvāsisse frāctumque animō. Quandō mē ineptiārum incūsō, respondeō, "fortasse nōn esse ineptum." Nam sī restituat mē Deus in patriam, tum aut gaudēbō vīvam inveniēns mātrem, aut rēctissimē praecēperō dēbitam maestitiam. Sīn numquam restituar, sed sōlitārius pereām, minus sum inhūmānus, minus ab omnibus necessitūdinibus abruptus, quandō cāritāte praeteritōrum ēmollior. Melius autumō, propter ficta hūmānārum rērum flēre, quam rēbus hūmānīs omnīnō nōn tangī, et prō mē sōlō vīvere. Quamobrem ubi nōna venit diēs, dēcernō in honōrem mātris novemdiālem praebēre cēnam. Hospitēs autem, quōs sōlōs potuī invītāre, erant psittacus, canis, grex, leporēs, fēlēs, columbī. Hīs optimam, quantum possim, parō cēnam. Cēterōs facile satiō, sed duās capellārum experior avidissimās. Magnitūdine in diēs crēscēbant. Omnēs, cibō succulentō pāstōs, spērābam majōrēs pinguiōrēsque quam fera animālia fore, sī semper largiter praebērem. Etenim vēlōcitātem in caprīs minimē cupiēbam. Pondus corporis trahulae conveniēbat vel lac prōmittēbat ūberius; itaque largā manū pāscēbam libēns. In pābulō autem erat grāmen merum, frondēs item herbae plūrēs dēlicātae, quās in mātris honōrem suggesseram. Hās cūnctās comedunt, concupīscuntque etiam. Imber dēstiterat commodē: cēnseō igitur fīniendam in saltū novemdiālem cēnam. Quam celerrimē ānulō lōreō caprum apparō, ejusque caudae capram adjungō: cēterōs solvō. Falcātum gladium in balteum īnserō, caprumque dūcēns nōtum ascendō trāmitem. Illī sequuntur. Canis in fronte excurrit, psittacus humerō meō īnsēderat, suō mōre garriēns incontinenter. Fēlēs mīrābundae ēmigrātiōnem ejulant, tamquam plōrātrīcēs (opīnābar) ad sepulcrum, mox nōlēbant prōgredī: cum leporibus domī remanēbant. Magnam vēlī laciniam cum fūniculīs in dorsum caprī conjēceram; sīc saltum attinēmus. Haedī alternīs pāscuntur, lūdunt. Sed ego gladiō falcātō herbās frondēsque mollēs, quae sub quotīdiānā pluviā luxuriābant, largiter succīdō,—aliās laciniā vēlī obvolvō, aliās merō fūne colligō,—super dorsō jūmentōrum appōnēns. Opportūnum erat, quod tunc haec pābula dēportāvī, nam posteā propter pluviās paulō difficilior fuit convectiō. Cēterum animantium hilaritās et mea ipsīus excitātiō maestitiam mihi dispulit.

Sub longiōre pluviā multum ego cum psittacō loquēbar; quod quidem ab initiō fēceram. Sed postquam cōnsuētus est nucēs atque aliōs cibōs ē manū meā capere, gaudēbatque meō adventū, properē discēbat loquī, et valdē mē rīsū alloquiōque sōlābātur. Etenim, ut plūrimum, docēbam eum sīc prōnūntiāre: "Ō fatue Rebilī!" sīc enim mēmet appellāre solēbam. Atquī ille vocābulum "fatue" aut nōn potuit dīcere aut nōn voluit, meum autem nōmen libentissimē ac plēnissimē prōferēbat. Aliquandō audiēbam, Ō debilī Rebilī; vel, Ō febilī Rebilī; aliās, Ō hebilī Rebilī; quae quidem sīc interpretābar, ut essent, Ō dēbilis, Ō flēbilis, Ō habilis! dubitābamque subrīdēns, numne habilis magis an dēbilis essem. Sed longē saepius meum nōmen ipsum iterābat, et quasi variābat amātōriē. Ō Rebilī Rebilī, inquiēbat; tum accelerāns semper sonōrum cursum, Ō Rebī bilī, Rebī rebī, Rebī relilī, Rebī libilī, Ō!—Et quum ego trīstī cum misericordiā vocābulum Ō! prōnūntiārem, ille mē imitāns prīmō tragicā sevēritāte dīcēbat Ō! sed in fīne tamquam cavillāns dērīdēnsque illud Ō! joculāriter efferēbat, dōnec in cachinnōs solvor.—Neque vincīre eum opus erat; itaque ligāmina dētrāxī.

Omnium ūvidissimus, ut opīnor, Jūnius erat mēnsis, numquam tamen quīnque vel sex hōrās exsuperābant pluviae. Quōdam diē post imbrem splendida fuit caelī serēnitās cum aurā mollissimā. Interrogāvī mēmet, quidnam facere oportēret. Statim respondī,—"Nunc, sī vir es, Rebilī! testūdinem marīnam reportābis." Hoc namque saepe cupīveram, cōnātus eram numquam; sed hāc in clāritāte sōlis post pluviam, testūdinēs crēdēbam summā in aquā suspēnsum īrī. Cymbā expedītā prōgressus sum. Lātō lēnīque mōtū fluctuābat aequor maris, molle, rūgōsum, et quasi oleō perfūsum. Fervōrem sōlis aura marīna discutiēbat: itaque pergō. Tertium illum attingō sinum; mox videō testūdinēs plūrimās, summīs in aquīs aprīcantēs, fortasse dormītantēs. Cautissimē circumspiciō, et modicā dēligō magnitūdine ūnam, cujus caput erat āversum. Lēnissimō mōtū allābor, omnēsque caveō strepitūs; dein pedēs testūdinis posteriōrēs trānsversīs manibus arripiēns, dum ad prōram genibus innītor, ūnō mōlīmine ac jactū praedam mediā in cymbā teneō supīnam. Morsus testūdinis horrendus est: hunc sī cavēbis, cētera erunt in facilī: in dorsum autem conjecta, jacet immōbilis. Cōnfestim redeō, tam citō successū laetus. Postmodo haec praeda majōris mihi erat quam putāveram.

In diēs mox foedior ingruēbat tempestās. Tandem inter nimbōs nigerrimōs prōdībant fulgura tremenda, quae frīgus maximum incutiēbant: grandinis procellae sequēbantur. Tonitrua per plūrēs hōrās erant paene continua. Mare vehementer furēbat; aestus ipsās ad rūpēs pertigit. Quandō pluvia paulisper dēstitit, exeō prōspectūrus: ecce autem carīna nāvis nostrae decem mēnsibus post naufragium, ipsīs in arēnīs intrā cautēs prōjecta. Extrā cautēs mare montōsum erat; intrā tam perfrāctum, ut nūlla posset esse cymbae ūtilitās: sed valdē brevem esse intellegō aquam. Tantā sum cupiditāte incēnsus, ut caligīs ac bracchiīs exūtīs, mare ingressus nāvis fragmina scānserim. Summae sānē partis nōn multum restābat: quid remanēret in alveō, volō inquīrere. Facile videō et multa inesse et nihil posse mē id temporis āmōlīrī: itaque postquam satis explōrāvī, redeō domum, per aquās praeter rūpēs necessāriō vādēns. Sed algēbam, crepitābantque dentēs meī. Mūtō vestīmenta: fricō cutem: sed algeō tamen. Ignem accendō, neque inde multum acquīrō calōris. Sēnsim invēnī, penitus in vīscera dēscendisse frīgus, et morbō mē pertentārī. Prōjectus in cubīlī, quidquid ibi erat vestīmentōrum circumvolvor. Nēquicquam. Ignārus quid facere oporteat, pavēscō nē vesper ingruat, tenebrīs obtegar, inops auxiliī cōnsiliīque. Tandem algōribus meīs nimius fervor succēdēbat, valdē profectō violentus. Interdum Maurōrum fōrmulam adhibēns, in pectore aspīrāvī: "Ō Deus! ā tē prōdīvī, ad tē redeam!" Quid foret, esse sōlitārium, tum dēmum cognōveram. Jacēre, stāre, sedēre, cūncta dolēbant; flagrābat caput. Corporis dolōrēs angor mentis exsuperābat. Tenebrās, omnium rērum maximē, metuēbam. Surgō, pede titubante incēdō, aquam pōtulentam et citrea māla quaerēns. Ōs interius plānē siccum erat; lingua sī buccās, sī palātum tangeret, ibi adhaerēbat. Quārē mālum citreum in tenuissimās quasi assulās concīdī, quārum ūnam linguae apposuī: aliās in pōculō compressī, deinde aquā commiscuī. Hoc medicāmentum sorbillābam, interdum bibēbam. Crēdidī fervōrī vīscerum id fore ūtile. Alteram mox atque alteram super linguam compōnō assulam citricam, siccitātis levāmentum. Jam nox adveniēbat, recordorque animālia nōn esse pāsta. Fēlēs vehementer ejulābant. Neque potuī eās abigere, neque, dum fervor capitis īnstat, sufficiunt mihi vīrēs ad ministrandum.

Tandem in sūdōrem solvor: post hōrās dolentissimās mēns sē aliquantum recuperat. Spissō obvolūtus palliō, cibātum praebeō fēlibus, leporibus, caprīs, canī, quamquam dēbilis tōtō corpore. Jam certum habeō, quālis sit febris hujus nātūra; fēlīcemque mē jūdicō, quod lūx in tantum dūrāverit. Mente levātus, plūrimīsque vestibus opertus, somnum captō; sed quandō dormītō paulisper, morbida mē terrent īnsomnia, prāvā religiōne plēnā. Sānē plūribus hōrīs ante lūcem ipse sūdor cessat; tum, quamvīs dēfessus, labōriōsē cutem perfricō, et quidquid ē vestīmentīs maximē sit villōsum, libēns amplector: ligna in culīnā accendō. Dē remediō morbī tum meditor.

Dīxī mē cinchōnam ē valle apportāsse, atque in ūsum coriī adhibuisse. Bonam hinc esse medicīnam nōveram; nunc vērō contrā amāritūdinem ejus firmāns mentem, aquā commixtam līberē pōtō. Nec dubitō quīn mē sagāciter cūrāverim; nam febris nōn rediit. Māne autem ē cubīlī surgēns, cōgitō quid posteā faciendum.

Imprīmīs statuō: sī possim, noctem īnsequentem nōn sine lūmine mē āctūrum. Aut candēlās aut lucernam aliquam jūdicō necessāriam. Nihil facilius vidēbātur, quam Maurōrum rītū rem cōnficere, sī aut oleum aut sēbum habērem. Sed quicquid fuit, id omne crēdidī cōnsūmptum esse, aut in cibātū canis aut in scaphā resarciendā, sīve in retināculīs jūmentōrum vel in serrā. Tum testūdinis reminīscor: hujus adipem volō adhibēre. Item carnem ejus, ut novum quiddam, prō cibō statim concupīscō. Dē mactandā, fateor, haesitābam; nam tāle fēceram nihil. Caput testūdinis sī amputābitur, tamen (ajunt) post vīgintī quattuor hōrās mordēbit tenācissimē. Quid ergō occīdet eam? Ego vērō opīnor, amputātō capite, nihil dolōris sēnsūrum corpus. Igitur ipsō in dōliō, ubi in aquā marīnā servābātur, amputō caput: hoc cautē forcipe abjiciō: cētera concīdō et plūrima intus ōva inveniō. Hōrum quattuor prōtinus torreō, vēscorque cum placentā. Maximam vim adipis excipiō. Partem hujus (eam ferē quae solidior erat) prō placentīs assandīs vel prō sartāgine reservāvī: longē plūrimam prō oleō sūmpsī. Tum dē līnāmentīs cōgitō. Fēlīciter accidit, quod huic reī nōn opus est vīribus: līnāmenta contorquēre, puellārum potest esse opera. Veterum fūnium quidquid esset corruptum, prō stuppā reposueram. Inde duābus hōrīs līnāmenta cōnfēcī, quot trīgintā noctibus facile sufficerent. In ferreā patellā dēpōnō adipem ac līnāmentum sīc circumtortum, ut fīnis hujus super labrō patellae minimum tantum dēpendat. Ipsum līnāmentum liquidā adipe saturātum accendō, experiorque rem bene prōcēdere. Equidem sī dormīrem, nēmine līnāmentum subinde extrahente, post paulō extīnctum foret: attamen id parum rēferre cēnseō; nam per igniāria possem accendere, ut prīmum ēvigilārem. Posteā juvat mē invēnisse, tālem febrem posse subigī.

Post trīduum fīnītae sunt pluviae, et sōl prōcessit clārissimus. Ego quoque prōdeō, tepōre gaudēns. Invīsō lītus. Videō dōliīs strātum, cadīs, arcīs perfrāctīs, lignīs omnis fōrmae et ferrāmentīs. Paene in siccō erat ipse nāvis alveus, cum ancorā atque ancorālī. Cūncta jam prō meīs dēstinō, sed volō relaxārī paulisper; etenim minus firmum mē sēnsī: igitur ab hīs redeō in portum. Fēlēs videō, utramque cum catulīs recēns nātīs. Tum mē subit: "Āh! illud erat, quārē adeō ejulāvēre; nōn tamquam fūneris plōrātrīcēs, sed ut expostulārent catulōrum alimenta." Bonīs mātribus collaudātīs, praetereō. Jamque recordor, feram fēlem prīmō illō diē esse ā mē vīsam; dē quō posteā aliquotiēs dubitāveram. Agnōscō, aut in saltū aut in silvā magnā tālēs invenīrī bēstiās. Gregem dēambulāns assequor. Haedōs omnēs grandēscere ac pinguēscere notāveram; jamque videō jūniōrēs capellās spem prōlis dare. Invīsō leporēs: ēn autem, lepus fēmina lepusculōs ēdiderat. Nōn rīdēre nōn poteram: immō cachinnāvī. Sīc autem interpretātus sum: Teneram prōgeniem male nāscī ante fīnītās pluviās: quārē sīc esse ā Nātūrā comparātum, ut quam proximē posteā nāscerentur.

Lēctōrī dēnūntiandum est, inde ab illā febre pietātis mē cōnscium novae factum. Rē nōn prōrsus nova erat; nam inde ab ipsō naufragiō quasi fermentātiō mentis coepta est. Tum prīmum didicī, quantī esset hūmāna cāritās, quam jūcundus ipse aspectus hominis. Mox ergā ipsa animālia ēmolliēbar, quōrum cāritātem plūris quam ūtilitātēs aestimābam. Deinde intellēxī, quam ingēns esset inter generōsissimum brūtōrum atque īnfimum hominem discrīmen: etenim quemvīs ē servīs meīs Brazīlicīs locō canis optimī vehementissimē amplexus forem. Jam paenitēbat mē dē parentibus: nēminem praeter mēmet culpābam. Ergā hōs reverentia, ergā omnēs impetus quīdam amōris ac dēsīderiī mē exercēbat: itaque, ut opīnor, ad rēctam religiōnem eram mātūrus. Etenim dīxit nesciō quis: "Quī īnferiōra bene amat, hic superiōrem bene venerābitur." Attamen ante hanc febrem ipse Deus ignōtus quīdam ac nimius vidēbātur mihi; quem quidem dīligere, praeter nātūram esse cēnsēbam. Nec hīs dē rēbus singillātim juvat explicāre. Quippe neque ego ab aliīs neque cēterī ā mē eam religiōnem ēdiscent, quae pectoris est, nōn merae mentis. Sed ipsā in febre, quandō tranquillē Deō mē commīsī, intellēxī prīmum, quam nōn longinquus esset Deus; immō, ipsō illō in locō adesse illum, sī uspiam alibī. Exinde profundior dē religiōne mē invādēbat cōgitātiō; neque cōgitātiō sōlum, sed cordis quīdam mōtus, quī mē tunc prīmum ad sacram lēctiōnem īnstīgābat.

E quattuor meīs librīs, ūnum dīxī esse precum Lūsitānārum secundum fōrmās Papālēs. Idcircō sprēveram. Nunc autem legēns, plūrēs inveniō versiculōs ē Jūdaicīs et Chrīstiānīs librīs, quī cūnctōrum sunt, nōn Papistārum modo. Duo mē praesertim commovēbant. "Quem dīligit Dominus Deus, hunc castīgat, per virgārum disciplīnam ērudiēns fīliōs." Item. "Quārē homō, quī vēscitur aurā, dē poenīs dēlictōrum conquerātur? nae, prōdest in juventā sustinēre jugum." Tālī lēctiōne affectum, precēs et vērae et vehementēs sānctō mē gaudiō tum prīmum pertentārunt. Porrō hinc repperī, unde sōlitāriae vītae dērīvārem sōlātia. Inquiētissimus sānē interdum eram, pertaesus sōlitūdinis et suspīrāns ad alloquium; attamen tria tandem plēnē didicī:—cōnstantius ea quae animō, quam ea quae oculō percipiuntur, permanēre:—Deum nōn minus mihi esse praesentem, quod abessent hominēs:—dēnique, Ut ex hōc taediō mē potuit ēripere, sīc in eōdem posse illum pūrgātō mihi animō plēniōrem dare līberātiōnem.—Sed haec pedetentim et plūrēs per mēnsēs. Quippe vēra religiō vīta est, nōn disceptātiō ingeniōsa, nec nisi multā pectoris exercitātiōne ipsārumque rērum experientiā percipitur.

Caput Octāvum

Dē grege erat quod mē male habēbat. Caprī maximī quamquam labrum perfōderam, tamen expertus sum aliquandō ferōciter eum cornibus petere; idque perīculōsum esse sēnsī, quandō ad trahulam eum vellem ligāre. Rē perpēnsā, nē mihi aliquandō sit īnfēstus, cornuum ejus maximam partem serrā amputō. Relinquō tantum, quantum helciīs sustentandīs sit opus. Exinde gnārus dēminūtārum vīrium, tranquillior factus est. Nē posthāc oblīvīscar, hīc libet nārrāre, quidnam cornibus ejus fēcerim. Solidiōra erant, quam caprārum quae asservāveram: jam arcum terebrandī grātiā cōnficere statuō. Saxum quotiēs vellem perforāre, nihil ē meā supellectile placēbat. Erat mihi terebra, erat cestrum fabrīle, utrumque tenue nimis; nōn nisi lignō vel cornuī terebrandō idōneum. Ad saxum terebrandum clāvīs spīcātīs ūtēbar multō cum labōre; nunc arcum rītū Maurōrum libet adhibēre. Imprīmīs ē vēlōrum fūniumque trochleolīs ūnam dēlēgī bonam, perfectō orbe, cujus in mediō quadrātum erat forāmen. Ferreolum item dēligō; (multa in lītore tālia tunc jacēbant) quae illud forāmen tantum nōn intret. Hujus ūnum fīnem igne mollītum valdē tundō, ut sit et solidior et paene acūtus: alterum fīnem in teretius concinnō. Mox līmā hīc atque hīc dētrītam, in forāmen trochleolae impingō. Acūtiōrem fīnem molā quoque exacuō: sīc ipsam terebram perfēcī. Arcus restat. Anquīsītō rōbore solidō, ūnum fragmentum circumcīdō serrā; dein duo forāmina paulō oblīqua terebrō, quōrum in utrumque īnferciātur cornū īnfimum. Spatium inter haec relinquō, velut manūbrium, quod firmiter possim prehendere:

duōbus lāminīs ferreīs ac fūne rōbustō cōnfirmō jūnctūram: Cacūmina cornuum laxō nervō connectuntur: hic est arcus. Nervus, trochleolae convolūtus trānsversusque, fit tēnsus: tum arcus, citrō ultrōque tractus, terebram rotat. Porrō in angustō axe forāmen faciō, quod alter terebrae fīnis facile intret. Axem hunc in dextrā tenēns, dīrigō terebram, dum sinistrā arcū operor. Simplicī hōc apparātū saxa dehinc longē facilius terebrō.

Vereor nē taediō sim lēctōrī, sī plūrima quae ēlabōrāvī accūrātē explicem. Nova atque ampla māteriēs ē ferrō lignōque, quam cum reliquiīs nāvis nostrae nactus eram, novā mē implet ambitiōne: item auctus grex vim novam trahendī offert. Idcircō, plūrima convehenda dēstināns, majōrem volō cōnstruere traham, tam lātam, ut aequā fronte jūmenta trahant tria, mēque ipsum, quotiēs velim, habēnās retinentem, vehant. Quidquid lignō ferrōve cōnficiendum erat, cōnfēcī; sed corium dēerat. Pellēs sī habērem, nec depsendī eram perītus, nec libēns propter pellēs caprōs occīderem. Tantum animal, tam plēnum sanguine, mactāre, āvehere, concīdere, nauseam mihi movēbat. Sed ē fruticibus maritimīs ūnum repperī, cujus folia fūniculīs comparāverim. Haec in sōle siccāta, mox oleō tīncta, leviter contorsī, tum ex connexīs rōbustiōrēs strūxī fūnēs. Inde māteriem habēbam, ē quā habēnās, retināenla, etiam helcia atque aliās rēs jūmentīs ūtilēs cōnficiō. Hīs sī nōn optimē īnstruēbar, meīs tamen ūsibus fuēre idōneī.

Vix opus est dīcere quam cūriōsē omnia ferrāmenta ex lītore collēgerim; nihil equidem sprēvī ē lignīs, dōliīs, arcīs, frācta an solida essent. Majōra quaedam ligna, multō mōlīmine sūrsum tracta ipsīs in calōribus, prō ponte dēstinō, per quem traha mea aquulam ē saltū trāmeet. Crātibus superjactīs et fiscōrum frustīs, cum tabulīs et humō, viam tandem cōnsolidāvī. Alteram quoque viam sub rūpibus crēdō necessāriam, nē aestū maris interrumpātur trahae commeātus. *Tornō* meō (id est, novā terebrā) saxa cavō, nitrātō pulvere discutienda; et minus labōriōsē quam expectāveram objicēs āmoveō viae. Profectō hanc viam facilius cōnfēcī, quam ponticulum illum, quī quidem nōn magnō poterat esse ūsuī, dōnec trāmitem super rubrā rūpe fēceram trahae pervium. Omnium meōrum operum hoc vīrēs meās ūnicē exhausit, praesertim quia aurae tum maximē stāgnābant. Sed prōtinus magna habuī adjūmenta frūgibus vel frūctibus dēportandīs, sīve ab hortīs meīs sīve ā convalle.

Quīntō diē ante Kalendās Sextīlēs, caprae duae partum ēdidērunt, ūnaquaeque bīnam prōgeniem. Prīmō lac mihimet avēbam, cōnorque mulgēre. Huic reī inhabilis fuī, reputānsque dēclīnō mulgendī labōrēs, nē ego potius pecorī quam pecus mihi īnserviat; nam sī mulgendī negligēns forem, id pecorī foret crūdēle, mox lactis cohibēret prōfluvium. Tum in dēlicātiōrēs cibōs lac adhibēre, longē nimiī temporis erat et cūrae. Spērō mē cocīs nucibus cito abundātūrum, atque hārum lac semper fore in prōmptū. Hīs autem dē nucibus sunt quaedam explicanda, quae praetermīseram. Nōlueram barbarōrum mōre prōcērās arborēs scandere; id quod et labōriōsum fore et perīculōsissimum crēdidī. Novās scālās hanc ad rem, duōbus anteā mēnsibus, et propriam falculam commentātus sum. Et quidem prō falculā, perticae longae in fīne loculum incīdō, ubi inhaereat ānsa cultrī coquīnāris: tum fūniculō cērā oblitō (nam massam quandam cērae habēbam) ānsam illam perticamque circumvolūtam firmiter cōnstrīnxī. Atquī modica firmitūdō poterat sufficere; nam acūtō cultrō leviter amputantur nucēs.—Prō scālīs ipsō in cocōrum sinū pār idōneum arborum succīdō, trīgintā ferē pedēs longārum, postquam capita dētrāxī. Utramque dēdolātam quantum possim sine dētrīmentō rōboris extenuō, ut quam levissimae sint scālae. Sānē erant cavae, (medullā quādam plēnae,) idcircō rōbustiōrēs, quam sī ejusdem fuissent ponderis et longitūdinis, sed solidae. Gradūs scālārum addō, ē lignīs atque ē fūne, ut in cubiculāribus meīs: sed trēs in summō fūnēs valdē laxōs relinquō, ut scālae applicātae quasi amplectantur arborem, nec possint dēlābī. Tālī īnstrūmentō adjūtus, crēdidī posse mē amplam nucum vim dēcerpere, quamquam plūrimae cocī longē prōcēriōrēs macacīs opulentam reservābant praedam. Haec, crēdō, in Majō mēnse fīnīta sunt. Equidem coeōrum ūtilitātēs parum intellegēbam; sed plūrimās esse gnārus, nihil rejēceram. Frondēs pennāsve (sī ita licet dīcere) parvae illīus cocī, quam prō rēmīs succīdī, animadvertī paene tegulōrum esse īnstar. Hās fūniculīs ita cōnsueram, ut cucullī vicem optimē gesserint. Medullam cocōrum arborum atque aliārum palmārum statuō explōrandam: corticem omnem asservō.

Grex, (quem propter sānitātem mātūrius in saltum trānsdūxī,) ēvulsīs solō pedicīs, in vallem rediit. Cūnctōs inveniō circā vetus praesaepe, herbās ūberrimās atque apprīmē succulentās summō cum gustātū rōdentēs. Pedicās dētrāxī, ipsās animantēs reputāns ā Nātūrā melius quam ā mē ēdocērī, ubinam potissimum dēgere oportēret. Quoniam cicurēs inveniō sībilōque fistulae oboedientēs, id mihi sufficit. Succurrit animō, quantum rōboris āmīserint vaccae nostrātēs domesticae, quam saepe difficilī partū torqueantur, per nostram importūnam cūrātiōnem. Vereor nē meum gregem immūtem, sī stultē ego mē immisceam. Sērius, quum aurae stāgnārent calorque ingrueret, nōn ad saltum perrēxēre, sed ad apertum ac summum collem; fortasse quia culicēs vel oestrī urgēbant. Multō māne (crēdō) pāscēbantur, ante lūcem; posteā auram captantēs mīrē aprīcābantur summō in colle, ibīdem dormientēs. Ego quoque in stāgnante aurā pertaesus cavernārum, postquam aliquot noctēs iterum inter rāmōs arboris dormīveram, melius fore crēdō, sī gregem sequar. Quārē multā ac difficilī māchinātiōne trēs asserēs longissimōs summō in colle sīc ērēxī, ut dē colligātīs capitibus lectus pēnsilis sustinērētur. Ego per fūnem ascendō, quī dēsuper fluitāns quasi in ānulōs nōdātur, in quōs ingredior. Ut prīmum lectulum attingerem, fūnem illum ad mē recipiēbam. Tālis erat novī cubīlis fōrma.

Haec inter opera, ex novō quōdam juncō contexuī dorsuālem illam, dē quā dīxī, tegetem; item foliīs rōscidīs tum prīmum caput meum sub īnfulā condō. Etenim nimius erat fervor sōlis; quamquam calor nōn adeō suffōcābat quantum metueram. Illā in regiōne ipsīus aestātis nox longiuscula est, flābatque identidem siccā in tempestāte vespertīnus turbō ventī, quī āera refrīgerābat; necnōn quāvīs in nocte aura quaedam montāna superiōribus in locīs sentiēbātur. Maris temperiem sēnsim augēscere crēdēbam; ego autem magis magisque lavācrīs captābam frīgus. Sī caput ac dorsum ā sōle dēfendās, aliō tegmine vix opus est, nisi propter culicēs; ego vērō, tenuissimē amictus, posse vidēbar multum labōris vel summā in aestāte perferre.

Fīnītō quod maximē urgēret, parō humum optimam ab ōstiō flūminis ad portum trānsvehere, in quā dioscōreae serantur. Locum dēlēgī, quem possem ex rīvulō quotiēs vellem irrigāre. Hunc ad ūsum ligna aliquot sīc cavāvī, ut compluviī īnstar essent. Rōbustissimās meās tabulās ad traham cūrātius cōnstrīnxī, ut humus ingesta nē efflueret. Duōbus jūmentīs bīduum convehō humum: traha sub rūpibus in plānō currit: cava loca impleō; quidquid fimī uspiam rejectum est, comportō, opperiorque tempus dioscōreīs ipsīs plantandīs.

Multum fruēbar lectulō pēnsilī. Sub astrīs jūcundum erat frīgus, aliquandō tamen nimium. Nox decem hōrās dūrābat, ac sine crepusculō. Tot hōrās dormīre nōn possum, frīgēscō interdum sub nūdō aethere. Gregem comperiō pāscī trēs vel quattuor hōrās ante sōlem, dormīre post merīdiem: crēdō mē, iterum animālia imitantem, sequī Nātūram ducem. Ante sōlem exortum iīs rēbus operor, quibus lūx est minus necessāria: inter hās vēscendī operam numerō atque incēdendī sīve ad cavernās sīve ad vallem. Sed ūnusquisque diēs suum habuit colōrem suumque opus. Jam crēdō advēnisse tempus frūctūs colligendī. Ūvās in hortīs inveniō multīs in locīs jam mātūrās. Aliquot gustātīs, magnam vim dēcerptam resticulīs suspendō, ut sōle ārēscant. Multōs per diēs hūc commeāns īdem faciō, plūrēsque frūctūs trahā reportō. Tum *ricinum* inveniō fruticem, ē quā oleum illud quod *castōreum* vulgō appellant, cōnficitur. Multō cum gaudiō *maniōcam* inveniō, ex quā cōnficitur *cassāva* pānis. Hanc in Brazīliā nōveram: inde etiam excoquitur *Tapiōca* Anglōrum. Porrō *banāna* vel *mūsa* hīs in locīs nāscēbātur, īnfrā autem nānās quāsdam palmās dactyliferās esse comperiō. Aliō diē optimum repperī in *mangā* arbore terebinthum, crēdidīque mē hinc satis habēre posse, tum stuppae, tum terebinthī aut rēsīnae. Plūrēs frūctūs colligō vix exortō sōle, postquam ante lūcem ad hortōs pedibus incessī. Sī quandō fabrīlem propter operam validā nervōrum exercitātiōne opus sit, id aut ante sōlem perficiō, aut sub stēllīs lūnaeve lūce, taedīs aliquandō adjūtus. Jam paulō audentior factus, canem habēns comitem,—sī ūsus venīret, sub arbore dormiēbam hōrīs merīdiānīs. Ē sopōre experrēctus, apparō traham, jungō jūmenta, ipse vehor in trahā, hortōs pōmerīdiānō tempore invīsō. Tum frūctūs ingerō, jūmentīs ad pāscendum solūtīs. Sī nimis vagentur, canis redūcit. Dēmum jūnctīs iterum ad traham, dēscendō cum onere pretiōsō. Nova mox ingruit difficultās, quum nōn sufficerent arcae prōtegendīs thēsaurīs.

Tamen neutiquam satiāta est mea cupiditās. Ad cocōs nucēs dēmetendās falculam illam mēcum apportāvī; scālās novās ipsīs in hortīs relinquēbam. Dum autem īnfrā incēdō, ananassās videō multās, (māla pīnea vulgō nōs vocāmus): numquam ego anteā hās animadvertī. Jam intellegō et plūrimās esse et maximās, paene ex arēnīs cum cactīs nāscentēs. Ūnam illicō vīndēmiāvī, nec abstinuī quīn grande frustum comēderim. Mox nucem cocōrum ab humō sūmptam perforandō experior num sicca sit. Paulum lactis exsūgō,—dulce, spissum, nōn cōpiōsum. Plūrēs hārum colligō reservōque seorsum. Tum applicātīs scālīs, quicquid nucum vidēbātur maximum, id dēcerpō, duōsque faciō acervōs. Properē domum redeō cum ananassā illā ac falculā, et, paulum recreātus, in cymbā regredī ad hortōs volō. Attamen statum aestūs quum videō, et prōmontoria quae essent superanda, id vērō nōn ausus sum. Tum subit cōgitātiō, quantō melius foret, sī scaphā possem reportāre; tanta erat cōpia, tanta varietās frūctuum oculōs et mentem captantium. Bis trahā hortōs invīsere ūnō in diē facinus erat magnum: quantum trahā possem reportāre, quīnquiēs id scapha portāret. Post aurōram, crēdō, lēnis aura favēbit: maris plūrēs per diēs aequor fuerat undīs expers. Jam dactylōs, banānās, cocōs nucēs, ananassās, ūvās, ad libitum mē habitūrum spērō: nimia mē spēs et nimia cupiditās festīnāvit. Crāstinō diē lēnī aurae vēla scaphae permīsī; illa per vitream ōceanī superficiem clēmentissimō mōtū dēlābitur; mox ultrā prōmontorium paulō vēlōcius dēvehor. Dēmum laetus ipsum attingō ōstium, et dētractō vēlō, rēmīs ingredior rīvum. Multa avidīs oculīs lūstrāvī: quae acervāta erant, assūmpsī: plūrima alia abripuī. Sine morā impōnō omnia scaphae, et reciprocum iter cōnor. Tum vērō fortūna sē vertit. Stāgnante aurā, vēlum inūtile erat. Rēmīs incumbō, sed tardiusculē moveor. Nervīs contentīs, dēfatīgō mēmet, aestuōsā in hōrā. Tellūrem observāns, dubitō anne prōgrediar, maximā meā vī. Cohorreō, nē hāc in parte prōfluēns sit maris, quae mē in ignōtās aquās rapiat.

Ūnī hominī certē nimia erat, nisi ventō marīque favente, hujus scaphae moderātiō. Igitur dēficior fortitūdine, et reflectō scapham in palmētum, quō tandem pervēnisse gaudeō, valdē dēfessus. Ego vērō angor animī, quō pactō redūcī possit scapha. Rē amplius perpēnsā, crēdō numquam mē ausūrum eam marī committere iterum. Tunc maestissimē sōlitūdinem meam conquerēns, optābam ut iterum puer ille Maurus, quōcum ex Maurītāniā aufūgī, socius mihi nāvālis foret. Sed prōtinus mē cōnscientia objūrgat, quod propter servitūtem ejus, fortasse necessāriam, ego nummōs accēperim: itaque ingemēns, ōs in manibus recondidī. Exinde tamquam in somniīs hilarem audīvī vōcem, Rebilī bebile libī bilī Ō! psittacus autem in humerō meō cōnsīdēbat. Is quidem rōstrō ac capitis plūmā genās meās dēmulcēbat, ac vōcēs profundēbat cārissimās. Sānē tangēbar. Quia sine comite meō prōcesseram, ille ad hortōs mē anquīrēns āvolāverat. Volāsse eum, minus accūrātē dīxī; quippe mancā etiamnum pennā, inter volātum atque oblīquum saltum prōcēdēbat. Tum replētā fiscellā, experior quantum possim humerīs sufferre incēdēns. Modicum bananārum et dactylōrum onus assūmō: vēscor quantum libet, bibō ē rīvulō, et, relictā scaphā, ascendō vallem. Pedibus jam siccīs, (nam aquā marīnā immersī erant) sub umbrā citrī per fervōrēs maximōs recondor, dormiōque paulum; dēmum nōtum per trāmitem ēvādō, maestusque assequor cavernās.

Ex quantā calamitāte quam angustō discrīmine effūgissem, per meam tempestātum imperītiam, prōrsus nesciēbam: nam, trīduō post, turbō furiōsus ventōrum tōtum caelum pervertit cietque intimum mare. In cavernīs libēns mē recondō. Tum meminī Kalendās Septembrēs imminēre, quō in diē nāvis frācta est. Annō superiōre egēnus eram, inops, spē dēstitūtus: nunc opum multārum sum dominus et praeclārō fruor procellārum profugiō. Equidem librīs legendīs et calamī ūsū petō varietātem negōtiī. Quae fēcī, nōn libet hīc accūrātius nārrāre; sed librō illō mathēmaticō adjūtus, dedī operam ut fundāmenta ratiōnēsque mathēmaticās solidius probārem. Ut prīmum crēdō saevās praeterīsse procellās, dēcernō in domesticum hortum incumbere. Dioscōreās circā quīnquāgintā praeparāveram, rādīcibus circumcīsīs: item septemdecim maniōcās tractāveram pariter: hās omnēs in trahā reportātās rīte cōnsēvī: mox humum dē novō ā flūminis ōstiō convectam addidī, quia dē maniōcā prius nōn cōgitāveram. Macacōs vīdī frūctibus meīs īnsidiārī, item nesciō quae īnsecta aliquot hōrum corrūperat. Nōlō dē cibāriīs ānxius esse: alia multa opera cūram vīrēsque meās āvocant. Crēdō, quantum sine nimiō labōre possim convehere, tantum convehendum; nam nesciō utrum, seu rōbīgine seu īnsectīs sīve avibus aut macacīs, maxima pars rērum coacervātārum sit peritūra. Itaque rēs edūlēs avidē reposuī; porrō aliās rēs, ut ricinum,—ē quō facilius oleum extrūxī propter fabrīlēs ūsūs quam ex aliā quāpiam rē. Sed arcae loculīque ad rēs asservandās nōn sufficiēbant. Quidquid habēbam ōllārum aut lagēnārum, adhibuī ananassīs, persicīs mālīs aliīsque frūctibus cōnservandīs. Ahēnum maximum oleō ricinī spurcum erat; nam quamquam arēnā ēmundāveram, manēbat quīdam odor et nauseam creābat. Nova vāsa fingere volēbam, immō magna, quae ut apud Maurōs, dōliōrum vicem sustinērent. Prīma mea experīmenta valdē rudia erant. Dē fōrmā incūriōsus, argillam sōle siccāre et concoquere cōnor, sī massam aliquam possim satis cōnsolidāre. Laterēs potius quam ōllās cōnficiēbam: cito autem agnōvī, rem hāc viā nōn prōcēdere. Coctīs lateribus sine dubiō erat opus, ad furnum cōnstituendum; dein igne, nōn sōle, coctōs laterēs velim. Herbās in sōle siccātās prō strāmine crūdīs lateribus intertexō, argillā prīmō subāctā: sīc faciō struem. Stīpitēs viridēs cum siccō lignō mixtōs

interpōnō atque compōnō: mox subjiciō ignem. Māteriē renovātā
lentum calōrem per tōtum diem sustentō: posterō diē (quoniam nōn
vidēbātur ignis sufficere) violentius incendō: jamque laterēs bene
coctī erant et solidī. Merō lutō et lateribus illīs (sine gypsō, quod ex
rūpe calcāriā potuissem combūrendō cōnficere) furnum cōnstrūxī.
Omittō nārrāre, quō pactō in experīmentum prīmō fēcerim ōllās.
Cēterum explōrātō, posse mē plumbō liquefactō vitream quondam
faciem superpōnere, id quod propter munditiam concupīvī,
optimum crēdidī, quam maximē quadrāta fingere ingentia vāsa;
quoniam haec fōrma omnium esset facillima. Plūra hōrum, fateor,
praeter aciem rīmās ēgērunt; sed rēs solidās, nōn liquidās,
recondēbam; itaque meīs ūsibus aliquātenus serviēbant.

Cēterum ut tēlōrum artem probē exercērem, intimō in portū
clipeum quendam ingentem, velut mētam scopumve, ērēxī.
Compāgēs erat ex assulīs: vēlōrum praetēnsīs laciniīs, in mediō (prō
taurīnō, quem vocant, oculō) pullum lānam affīxī. Ūnamquamque
ignipultārum suā in vice exercēbam, aliquandō majōribus
glandibus, aliquandō aut olōrīnīs aut minimīs: sed plumbum omne
dīligenter recollēgī, quantum poteram: spatia quoque sēdulō
notāvī, ut in collīneandō perītior fierem. Nisi mē aliquō modō aut
exercērem aut oblectārem, maestitia mē incessit; etenim nōn jam
labōribus fatīgābar. Sed multus eram tunc temporis in coquendō et
condiendō, nē frūctūs perīrent plūrēs. Ōllās Eurōpaeās aliquot
habēbam, sed operculīs egēbam, quae āera exclūderent. Ē mangīs
rēsīnam quandam ēlicuī, quā velut pice oblinerem vēlōrum laciniās.
Hae, operculīs circumdatae, satis bene conclūdēbant ōllās; at
rēsīnam dē novō superlēvī. Oblītus sum quaedam dē ējectāmentīs
maris nārrāre. Ūnō in dōliō plūra invēnī ōrnāmenta, praesertim
specilla ac vitreās bullās. Specillōrum ōrae dētrīmentum tulērunt;
sed bullae erant incolumēs. Trēs item fasciculōs invēnī, discolōrum

vestium plēnōs. Postquam aperuī, sub umbrā expōnendās dēcernō. Nōn integra fuit colōrum pulchritūdō, necnōn plūrēs vestium quasi rigēscēbant. Omnēs in cavernīs reposuī, sī forte posthāc ūtilēs fierent. Bullās autem plūrimās, resticulīs, sīve fīlīs conjūnctōs, super jūmentōrum cervīcibus ōrnandī causā suspendī.

Caput Nōnum

Tālēs inter cūrās exercēbar, quandō nova rēs mē vehementer excitāvit, Octōbrī mēnse. Quōdam māne, dum eram in culīnā, mare versus aspiciēns, repente videō nāvigium, nigrīs hominibus plēnum, quod ad portum meum vidēbātur tendere. Haesitō exanimis, neque audeō in armāmentārium excurrere, nē cernar; metuōque nē animadvertant aut rētia mea aut trāmitem. Appellunt sub caeruleā rūpe, extrahuntque captīvum, cui bracchia post tergum erant retorta. Dum obstupēscō contemplāns, subitō in nāvigium redeunt cum captīvō et rēmigantēs abeunt. Extemplō alterum videō nāvigium, quod prōmontorium caeruleae rūpis studet exsuperāre: jam intellegō priōrēs eōdem tendere, nē ā sociīs suīs dīviderentur. Ut prīmum ēvānuēre, surgō. Ignipultam corripiō bitubam, quae Helvēticī mīlitis fuerat; quā quidem hāc in īnsulā numquam ūsus eram, praeterquam in exercitandō, quotiēs in clipeum collīneārem. Quum paulō gravior esset, furcam quandam prō fulcrō adhibēbam: quā in terram dēfīxā, multō certius jaculābar. Utrumque tubum nunc dīligenter suffarciō, hunc magnā glande, illum olōrīnīs; item pār pistolārum. Vēscor parcē; placentam in sinū vestis recondō. Accīnctus balteō, gladium sūmō, pistolās, bitubam suā cum furcā, item prōspeculum, quod dē collō suspēnsum gerēbam fūniculō crassiōre, quia lōrīs dēlicātīs dēficiēbar. Pērulam quoque capiō, pulveris ac pilulōrum repositōrium. Tum aliquotiēs ad Nūmen Suprēmum vōta vel precēs attollēns, ēgredior prōspectūrus. Canem abēgī, quī mē comitārī voluit. Ad speculam meam quantā poteram celeritāte ascendō. Inde videō circiter vīgintī quīnque virōs cum duōbus captīvīs. Ignem jam accenderant: mox ūnum ē captīvīs nūdum in arēnā extendunt, caput clāvā obterunt, et cōnfestim membra discerpunt. Cultrōs nōn clārē dispexī, sed (quod horrōrem simul ac nauseam mihi mōvit) torrefactīs membrīs vēscuntur. Dum facinus exsecror, crēdō licēre mihi, sī possim, omnēs trucīdāre, quī hospitium īnsulae meae tam foedē violent. Ego autem cōnsēdī immōtus et tamquam fascinātus.

Repente alium videō captīvum praeter ōram maris fugere: hunc quīnque persequuntur summō ārdōre. Ille, collēs versus tendēns, pōne rūpem ēvānēscit. Tum exsurgēns currō, cavēns tamen nē exanimis fīam; tandem iterum fugitīvum discernō. Viam Lūnātam ascendit; pōne trēs virī sectantur, quōrum prīmus clāvam habuit bellicam. Duo illī sagittās. Fugitīvum crēdō ā prīmō secūtōre vēlōcitāte superārī, tantummodo praeoccupāsse cursum. Ego in fossā quādam lateō, dēfīgōque furcam in solō. Intellegō fugitīvum nōn posse ēvādere: etenim anhēlābat graviter. Ā prīmō secūtōre prehēnsus, ab illīs necābitur; sed opperior dum prope veniant. Tranquillissimē collīneō, dein olōrīnīs pilulīs jaculor. Illicō prōstrātus cadit prīmus secūtor. Saltat metū fugitīvus, fragōrem audiēns, sed nescit prīmō quid acciderit. Mox capite īnflexō respiciēns, vīdit hostem dējectum: tum ipse quoque subsistit, animam recipiēns. Secundus adhūc currit: jam sagittā arcuī applicātā parat trānsfīgere fugitīvum. Id mē iterum accendit, nec tamen occīdere eum volō. Glande majōre ex alterō tubō crūra ejus petō, afflīgōque āctūtum. Quī tertius accurrit, duōs sociōs prōstrātōs cernēns, audītōque fragōre, summā celeritāte retrō cēdit. Mox duōs aliōs quī pōne sectābantur, hic vertit retrō; itaque ēvānuēre omnēs. Tum egomet ēgredior. Fugitīvus obstupēscēbat etiam. Tandem accurrit, et cōram prōvolūtus, terram fronte tangit. Id erat prō venerātiōne. Excitō hunc, et, Anglicē loquēns, plānē tamquam intellegat, imperō ut mēcum veniat. Vulnerātōs volō invīsere. Posterior volūtābātur humī, nec potuit surgere; tamen ab arcū ejus aliquantum metuī. Sed fugitīvus circumsultāns arcum ē manū ejus ēripit: prōtinus correptī erat oblīsūrus faucēs, nisi ego īrātissimā vōce prohibuissem.

Vulnerātus ille stolidē admīrātur: angor (crēdō) vulneris metum domuerat; nam per femur trānsfossus est. Fugitīvum jussī bracchia vulnerātī manibus cōnstringere, fūnemque ē loculīs petiī, frūstrā. Sed fūniculum illum collō dētrāxī, quī prōspeculum meum sustinēbat: hic prō compede sufficiēbat. Dein vulnere īnspectō, mappam ē loculīs vestis meae extractam applicō, et linteīs īnfulae firmiter ligō. Tum fugitīvō imperāvī, ut mēcum tollat virum et in proximō quōdam cavō repōnat. Nōn reluctātur ille saucius: crēdō eum, quum vulnera ligārem, intellēxisse tāle facinus nōn inimīcī esse. Sed ad prīmum secūtōrem convertēns mē, mortuum esse cognōscō; fortasse in cor penetrāverant pilulae. Cōnfestim fugitīvum accersēns, revīsō speculum. Ēn autem! duo illa nāvigia jam sunt in marī, abeuntque: id quod mihi erat grātissimum. Crēdidī eōs, perterritōs quasi mīrāculō, aufūgisse. In rē tam novā vix mē recolligō; spatium cōnsīderandī cupiō; sed fugitīvus mē suscitat, ōsculāns tālōs meōs. Equidem tum ejus dēmulceō genās, jubeōque mē sequī. Dēscendō ad cavernās: vestem induō, cibōs appōnō, ipse quoque vēscor. Veste sānē ac cibō gaudet, mox iterum iterumque mē venerātur. At ego traham parō cum duōbus jūmentīs. Quandō gregem aspexit, videō quantum excitētur. Impōnō trahae lectī vestīmenta, ligōnem ac pālam quandam. Arma mea, praeter gladium, exuor: tum cum fugitīvō ac cane ascendō novum meum trāmitem, jūmenta dūcēns. Longiōre hōc circuitū regressus ad mortuum, incipiō humum ligōne aperīre, ut corpus recondam. Id vērō fugitīvus mē nōn vult facere: sūmit ferrāmenta, operam strēnuē perficit: tum mortuum humō obtegimus. Clāvam ejus cūriōsus asservāvī. Exinde sine morā sauciātum hominem in traham assūmptum reportō, et gestū signīsque benignīs permulceō. Profectō voluī hominem sānāre, nec ignārus eram quantum impedīret sānātiōnī pavor et ānxietās. Quārē quidquid potuī excōgitāre, fēcī, tamquam frātrī. Aquam libenter bibit, vēscī nōluit. Postquam vulnus summā meā ope sēdulō cūrāvī, hunc relinquō: dein fugitīvī manūs parō ligāre, ut videam quō sē modō gestūrus sit. Is autem, genibus prōcumbēns, summā humilitāte manūs offert, ut colligem, sī velim. Id satis erat. Ego subrīdēns fūnem retrahō: ille rūrsus gestū dēmōnstrat, velle sē mihi servīre: atque ego accipiō. Jubeō in arēnā cōnsīdere. Ipse sēricam umbellam, fastūs causā, efferō, et sub hāc compositus, in optimā meā sellā sedēns, dēlīberō quid faciendum.

Arbitror duōs hōs virōs prō servīs et prō amīcīs esse mihi ā Deō datōs, sī hōrum possim et venerātiōnem et cāritātem conciliāre. Utrumque arguō per mē esse morte ēreptum; quoniam, ille alter nē strangulētur, id per mē stetit. Utrīque crēdidī novam prōrsus esse vim jactūs igneī. Igitur spērābam mentibus eōrum posse mē dominārī. Dēcernō largam cāritātem majestāte temperātam adhibēre. Prōtenus fugitīvō indō nōmen *Ēlāpsō;* alterum appellō *Secūtōrem.* Sed novus mē incessit timor, nē Ēlāpsus, cymbā vīsā, ēvādet rēmigāns; quārē rēmōs prīmō recondidī. Porrō, sī domō sōlus abīrem, vinciēbam Ēlāpsum; sed, domum reversus, nōn solvī modo, sed blandissimē alloquēbar, Anglicā linguā prōrsus garriēns. Optimōs dabam cibōs, socium operis assūmēbam, industriam ejus collaudāns: multa docuī, mox ab eō multa quoque didicī. Vīdī eum esse grātum et sēdulō oboedīre. Lēnī cum rīsū vinciēbam eum; necnōn ille rīdēbat, saepius ōsculābātur manūs meās. Sed ante nūndinās tertiās pudēbat mē vincīre, nec jam faciēbam. Jam quō magis ambōbus augērem reverentiam meī, spectāculum jaculātiōnis māchinātus sum. Duās tabulās ostentō ligneās: dēmōnstrō ambōs esse lēvēs, sine pūnctō vel incīsūrā. Ūnam pōne alteram apposuī, modicō intervāllō; sīc autem ut Secūtor, quamvīs claudus, aspiceret. Dein ē parvā pistolā ēmittō ignem. Glāns, trānsverberātā priōre tabulā, dēfoditur in secundum. Igne ac dētonātiōne territī ejulābant ambō: mox vīsā glande, Ēlāpsus priōrem scrūtātur tabulam, et mīrābundus Secūtōrī dēmōnstrat parvum, immō minimum, forāmen. Nec alteruter audēbat pistolam tangere. Ipsam rem volueram. Post paulō Ēlāpsum per prōspeculum meum aspectāre fēcī; id quod cum admīrātiōne commovet. Prōcēdente autem tempore hōrologium meum ostentāvī, apertīs interiōribus māchināmentīs. Tālibus rēbus crēdēbam barbarōrum mentēs salūbriter capī. Jam magnam faciō jactūram. Gnārus quantum barbarīs noceant vīna ārdentia, ānxius nē hīs aliquandō dēprāvātī sint atque efferātī, quidquid hujus generis habēbam, Deō invocātō, effūdī, praeter ūnam lagunculam, quam idcircō in arcānīs reposuī, sī forte prō medicīnā aliquandō foret ūtilis. Nōndum memorāvī, Secūtōrem bonīs esse indūtum sandaliīs, Ēlāpsī pedēs nūdōs fuisse. Uterque praecīnctōrium gerēbat, Secūtor balteum quoque cum cōrȳtō sagittāriō. Sandalia illa ē cortice erant plicāta; Ēlāpsus autem, dum sedet domī ōtiōsus, ā mē quidem vīnctus, sandalia propter meōs ūsūs imprīmīs, dein propter suōs, ē meā vetere māteriā cōnfēcit. Tālem virum cūr vincīre oportēbat? Ego rūrsum illī dōnō vestem versicolōrem, ex iīs quās ex marī recuperāveram. Is accipit grātus. Post trīduum videō eum hāc veste fulgentem: colōrum splendor, quī aliquantum erat immūtātus, integer redierat. Interrogō eum Anglicē, unde hoc mīrāculum? Rīdet ille, laetāturque, sed linguā nequit explicāre. Necnōn omīsī nārrāre, lacernam propter nocturnum praesertim frīgus utrīque mē dedisse; id quod libentissimē accēpēre. Etenim Secūtor, quī ambulāre nequībat, frīgus sī quod erat, graviter persentiēbat; quārē accūrātius eum prōtegēbam; et sānē grātus animī vidēbātur. Ego autem multīs signīs doceō, illōs inter sē amīcissimōs esse dēbēre. Tandem Ēlāpsum in cymbā mēcum collocō, post mātūtīnam pluviam. Mēnsis fortasse Februārius erat, serēnum caelum, mare tranquillum. Ad tertium rēmigō sinum, ubi horrendum illud epulum vīdī. Tum subit animum, foedās reliquiās nōn esse āmōtās: nec fallēbar. Ipsō in locō ossa trucīdātī virī albēscēbant. Carnis reliquiās aut avēs aut īnsectae abolēverant; sed calvāriam hūmānam quīvīs nōverit: item spīnam dorsī atque alia. Ēlāpsus, pietāte (crēdō) gentīliciā mōtus, arēnā manibus corrāsā, omnēs hās reliquiās quamvīs maerēns dēfodit. Mox ad aliās rēs convertimur. Arborēs ille magnō contemplātur gaudiō, fruticēsque explōrat dīligentissimē, folia multa asportat. Nē longus sim, ut prīmum verbīs explicāre poterat, plūrimōs indicābat mihi fruticum atque arborem ūsūs: hinc et oleō et fūnibus cito abundābam. Ex humilī quōdam rubō oleum hic mihi extrāxit, itaque nōn jam cōnfugiendum erat ad ricinum. Mox tria magnī pretiī indicāvit legūmina, inter ūmidiōra convallis; prīmum, rāpa maxima et optima, nostrātibus solidiōra et suāviōra; deinde, quiddam ē fabārum genere, grande ac bonum sānē. Dē Aegyptiōrum fabā audīvī. Nesciō an haec et illa cōnsimilēs fuerint. Tum genus quoddam, ut putābam, cucurbitae; sed fōrmā ferē cylindricā, velut pulvīnulum, colōre purpureō, optimā cucumī praestantius. Posteā īdem orȳzam dētēxit ūmidīs in locīs, quōs ego ēvītāveram. Porrō gossypium mihi retēxit. Ex aliīs rēbus stuppās quāsdam vel villōs extrāxit, cannabī vel līnō parēs.

Aliam quandam rem voluit Ēlāpsus mē docēre, sed intellegere nequībam. Grandiōrēs aliquot avēs, quās ego phāsiānīs rettulī dum propius praeter volant, ille manibus plaudēns columbās et caprās esse dīcit. Prīmō sīc interpretātus sum, ut dīceret hās edūlēs esse, ut carnem columbīnam et caprīnam. Posteā explicātum est, hās avēs posse domārī et mānsuēscere, ut caprās columbāsque meās: dē quō sērius nārrābō. Itidem dē palmīs multa ille mē docuit. Equidem nōveram aliās esse nuciferās, quās *cocōs* appellābam; aliās phoenīcēs, vel dactyliferās, nānās illās quidem meā in īnsulā. Jam discō, tertium genus et funiferum esse et saccharum praebēre; *caryōtum* appellārī audiō. Mollissimī fīunt hinc restēs, tamquam lōra optimē depsta, quī propter capistra jūmentōrum aut cingula possunt adhibērī, necnōn propter balteōs. Attamen ex asperō nucum villō rōbustiōrēs contexuntur fūnēs, crassae tegetēs, scōpae rigidae. Quārtum dīxit esse oleiferum; id quod in Brazīliā quoque audieram; anne prōrsus eadem arbor sit, nesciō. Quīntum porrō nōbilissimum, rōbore prōcērissimō et optimō, cujus folia prō umbellā essent. Dēnique ex tribus generibus ad minimum, oleum, vīnum, saccharum, ab ūnō cēram, ab aliō farīnam optimam, prōvenīre. Sed mē juvābat, ūnumquidque inde sūmere, unde minimī esset labōris. Tam cito tot rēs Anglicē Ēlāpsus didicit, ut crēderem posse mē jam, hōc ministrō, scapham redūcere. Equidem in hortōs eum dēdūxī, ubi multa mē docuit: sed melius arbitrābar, ad redūcendam scapham, Secūtōris opperīrī vīrēs. Ille ex vulnere convalēscēbat, et summam mihi dēmōnstrābat reverentiam. Ut prīmum sine perīculō rēptāre poterat, ad focum accēdēbat, rem culīnāriam observābat, paulātim ipse coquēbat, et quae Anglicē dīcēbam, coepit intellegere, etsī pauciōra cum eō locūtus eram, quam eum Ēlāpsō, quī mihi erat socius labōrum. Glāns plumbea sine dubiō ē crūre ejus exierat: nihil intus remānsit, quārē simplicior erat ejus cūrātiō, dōnec solidē convaluit.

Quōdam diē Ēlāpsus vitreās illās bullās caprīs dētrahit, et, humillimē mē venerātus, meō collō circumpōnit. Ego rīdēns dōlium eī ostendō, ubi plūrēs habeō bullās; mox dētractās collō meō caprīs parō reddere. Ille vērō reclāmat, obtestātur: tunc ē dōliō aliquās dēlēgit, quae lūcentissimae vidēbantur; hās significat mihi convenīre. Minōrēs quāsdam ac minus fulgentēs suō collō suspendendās rogat. Quamquam prīmō irrīdēbam, mox videō rem nōn esse contemnendam. Nōn barbarī sōlum, vērum omnēs hominēs rēgem suum vel imperātōrem īnsignibus imperiī decorātum volunt. Majestātī meae conveniēbat, ut rēgium aliquod īnsigne gestārem. Itaque dēmum hīs bullīs, quās prō rēgulōrum Āfrōrum lēnōciniō imperāveram, egomet rēgium quiddam inesse opīnor. Sī autem in rēgnō meō ad rēs ōrdinandās gradūs quōsdam honōris cōnstituam, Ēlāpsus sine dubiō summus minister rēgius esse dēbeat, et secundāriīs gemmīs fulgere. Ingenium quoque ejus versūtius esse et capācius quam Secūtōris cognōveram, ut erant hī virī valdē disparēs. Ēlāpsus gracilis erat, prōcērus, amplā fronte, micantibus oculīs, vultū valdē mōbilī, ōre autem suāvissimō. Secūtor humerīs lātior erat, minus prōcērus, genīs plēniōribus, vultū nōn malō illō quidem sed tardiōre. Crūra, bracchia, crassiōra quam Ēlāpsī, quī quidem vix summās suās vīrēs attigerat. Hunc crēdidī tria et vīgintī annōs aetātis habēre, Secūtōrem trīgintā vel amplius. Ut, quae meī vicārius Ēlāpsus jubēret, Secūtor oboedīret, prōfore crēdidī, sī Ēlāpsum quasi magistrātūs īnsignibus decorārem. Itaque monīlia illa, majōra et minōra, mihi atque Ēlāpsō comprobāvī. Inter haec rē fabrīlī Ēlāpsum exerceō, ūsumque doceō omnis meae supellectilis. Jam intellegēbat omnia ferē quae dīcerem, sed loquī vix cōnābātur, praeter aliquot vocābula negandī, affirmandī, approbandī, interrogandī. Artem ego ferrāriam neque exercueram neque multum fortasse sōlus potuissem: sed quum ille dē ferrāmentīs cūriōsum sē dēmōnstrat, nova mē ambitiō capit, sī forte, hīs ministrīs, ars quoque illa mihi serviat. Nunc explicō tantum, per ignem et malleum rem cōnficī. Barbarōrum uterque contexendīs vīminibus, juncīs, arundinibus, cannīs, valdē excellēbat. Quidquid hujus modī ego cōnfēcī, erat sānē inhabile. Jam vērō illī magnam mihi vim quālōrum, corbium, fiscōrum rapidē contexunt. Ēlāpsō māteriem hārum rērum comportante; necnōn, quod praesertim mihi cordī erat, idōneās perficiunt caligās textilēs. Ut aquam exclūderent, rēs nūllīus mōmentī vidēbātur, sī lapidum ac saxōrum asperitātēs, necnōn īnsectās dēfenderent. Secūtor autem in rē coquīnāriā excellēbat. Ē cocōrum nucibus placentās dēlicātissimās, item quasi flōrem quandam lactis, faciēbat. Piscēs, dioscōreās, maniōcās, banānās, plūrimās nucēs ita condītās prōferēbat, ut nihil suprā: etenim prō condīmentīs habēbat ananassās, zingiberim, piper et alia arōmata, saccharum ē palmīs et oleum vel optimum. Mox, postquam inter silvās vagārī potuit, avēs plūrimās īnsidiīs capiēbat; unde nūllō nitrātī pulveris dispendiō, suāve habēbāmus epulum. Porrō fruticem invenit, cujus foliīs in sōle dēsiccātīs aquam aspergēbat calefactam: hōrum jūs tepidum, saccharō admixtō, praesertim cum flōre cocī lacteō, grātissimum fuit. *Pōtiōnem foliāceam* appellābam. Saepius mēcum dēlīberāvī, anne satis tūtō secūrēs penes hōs virōs relinquerem: videō tamen, sī quid in hāc rē sit perīculī, id fortiter dissimulandō optimē dēfendī. Sī suspīciōnem fassus erō, prāvum cōnsilium ipse submonēbō. Tēla omnia āmovēre, quae possint esse letālia, prōrsus nōn possum. Sī (quod minimē est vērī simile) ambō hominēs in mē conjūrābunt, fortasse vix poterō servārī; nam igniāria mea tēla surripient. Sed nisi conjūrābunt, alteruter mihi auxiliābitur: nec crēdō aliēnārī posse ambōrum animōs, dum majestātem ac vim meam benignitāte temperō. Hīs rēbus perpēnsīs, quia lūsus corporeus mentem levat, lūdum gladiātōrium dēcernō. Etenim sī redeant barbarī, sī dēpugnāre cōgāmur, meōs virōs velim totidem barbarīs longē praestāre; at sī neque suās habeant sagittās neque fūsilī plumbō exerceantur neque gladiīs bonīs rem gerant, īnferiōrēs barbarīs fīant. Igitur Ēlāpsum prōtenus, Secūtōrem simul ac sānitās permīsit, gladiātōriam doceō artem.

Vīmineīs quibusdam mūnīmentīs caput, humerōs, crūra prōtegimur, ut magnā vī possīmus sine perīculō caesim ferīre; et effūsōs ex ictibus habēbāmus rīsūs. Posteā lūdum variābam, nē ūllā ratiōne pugnandī dēficerent. Sānē ventrem, pectus, vultum prōtegere, sī hostis pūnctim petat, longē difficilius est. Spissā tegete ac lārvā rōbustā armātūram concinnāvī; sed ipsī vīminea scūta fēcērunt, quae, laevō bracchiō gestāta, ictūs repellerent. Videō tamen hanc lūdī fōrmam, quantumvīs obtūsum sūmās prō gladiō baculum, oculīs et ventrī esse perīculōsam. Psittacus autem rē gladiātōriā abhorrēbat cūnctā, multōque cum ejulātū absiliēbat. Mox Secūtor, quī suum retinēbat arcum atque aliquot sagittās, pennīs anatum ac ferreīs clāvīs vult sagittās novās fabricārī. Ipsīus sagittīs mucrōnēs ex piscium ossibus erant, nam ferrī suā in gente exstābat nihil. Clāvōs eōs quotquot maximē vidērentur idōneī, libēns dōnō; is autem valdē perītum sē ostendit, quum īnsuper līmam et cultrum operī commodō. At ego vel parvam catapultam magnō arcuī longē antepōnēbam, pigēbatque mē quod pessulum ejus tractōrium chartā dēscrībere, nēdum lignō fingere, tam difficile vidērētur. Sed calamīs et chartā dēsignandō meditor, experior, dōnec pessulum cum tālō suō tandem rēctē excōgitāverim. Tum caprārum cornua, quae reservāveram, exquīrō, et idōneum prōpōnēns stīpitem caedō, sculpō, terebrō: dēnique mollissimō ē lignō, satis magnā cum dīligentiā, rude et grande cōnstituō exemplar: quō vīsō tōtam rem intellēxēre. Itaque ipsīs opus remīsī ēlegantius perficiendum; nec spē meā falsus eram, nam catapultās haud spernendās post paulō cōnfēcērunt. Ego autem glandēs idōneās ē plumbō cōnfēcī, sed spīculā avēbam.

Caput Decimum

Circiter id temporis statuī scapham, sī possem, redūcere, nē vēla prōrsus corrumperentur. Ēlāpsus autem jam satis intellegēbat, quid jubērem. Malleum, clāvōs, serram parvam, argillam vitreāriam, acūs sarcināriās, fūniculōs, vēlōrum aliquot laciniās, in mulctrālī composuī: haec Ēlāpsus portat. Ego cibum, pōculum, cultellum, pistolās portō. Flūmen convallis vadō trānsīvimus, saxīs adjūtī modicīs, quōrum ope crēdēbam pontem sine magnō opere posse cōnstruī. Sīc breviōre cursū ad scapham pertingimus. Prīmum vēla expandō, īnspiciō, tentō: tribus in locīs valdē īnfirma esse opīnor. Dēnotō, ubi resarcienda sint: id Ēlāpsus strēnuē perficit. Intereā mulctrālī aquam pluviālem marīnamque scaphā exhauriō: frūctūs in aquā putrēscentēs vehementer āversor: subtus inveniō solida omnia, nec quidquam rīmārum esse timendum. Fabrī ope nōn egent tabulae; itaque perfectīs vēlīs ingredimur. Aura, sīcut expectāveram, adversa erat. Rēmigāmus ex ōstiō, dein expānsīs vēlīs, ad dextram excurrimus, gubernante Ēlāpsō, id quod optimē calluit: ego jubeō et vēla regō. Ut prīmum dēflectendum in terram opīnor, exclāmō "Ad sinistram!" et prōtinus torqueō vēla. Oboedit ille: scapha optimē convertitur: tunc praecipuus meus dēcessit timor. Sine ūllō perīculī sēnsū prīmum illud exsuperāmus prōmontorium, quamvīs adversante ventō, posteā celerius proficīscentēs praevertimur, dēnique lītus intrā cautēs legimus usque ad portum meum, ubi in nāvāle scapham laetus repōnō. Ego autem Ēlāpsum interrogō, "Anne bona sit scapha?" Respōnsum exspectābam, "Sīc, sīc;" vel "Bona, bona:" sed admīror, quum ille clārē ac dēlīberātē respondet, "Bona nōn est; bonam faciēmus posthāc." Iterum interrogō, Cūr? Is vērō quasi novam vōcis facultātem exhauserit, nihil respondet nisi, "Sīc."

Quod cibōs collēgeram et sēveram longē amplius quam quod mihimet, ūnī virō, erat opus, sānē gāvīsus eram: sed quum Secūtor, injussū meō, in agellō meō novam operam inciperet, īrācundius paulō ratiōnem ejus reī reposcō. Is humillimē manibus ac vultū dēprecāns, "Sīc optimē" esse cōnfirmat. Ego vērō gaudeō, quod, tardior ingenior quī vīsus erat, per sē possit bonās operās excōgitāre; nec diū est, quum videō, in hortulō eum pariter atque in culīnā fore ūtilem. Jūmentīs īdem gaudēbat; inde spēs mihi, fore ut ex dīversīs famulōrum ingeniīs cumulātior prōvenīret opera nostra. Ut prīmum, sānātō crūre, natāre ausus est, admodum gestiēbat; nam propter tepōrem maris, nigrītae omnēs natandī sunt studiōsissimī. Equidem post prīmum illum diem numquam in ipsum mare mē committēbam, nē intrā cautēs quidem; tanta mē timiditās in sōlitūdine invāsit: in portū modo natābam. Sed cum Ēlāpsō etiam inter frāctōs flūctūs amābam lūdere; mox aquā, velut tēlō, inter natandum, avēs grallātōriās petēbāmus, quō in lūdō ācerrimum sē Secūtor ostentābat. Oleō jam abundāns, sāpōnem facere voluī; nec poteram Secūtōrī, quid vellem, explicāre. Algās vērē marīnās plūrium generum cremāvī: eārum cinerēs oleō admixtās igne lentissimō percoquēbam, aquā calidiōre circumpositā. Item ē mangārum frūctū quum spissum quandam extrāxissem rēsīnam, hanc oleō commixtam itidem dēcoxī. Post aliquot experīmenta, duōbus modīs sāpōnem nōn ita malum cōnfēcī: tum omnem rem perspexit Secūtor, mēque in sāpōne compōnendō facile superāvit. Ūsum autem sāpōnis ēdocuī, atque exinde in cūrandō corpore ūtēbar. Rīdeō sānē, quum videō quantā ille superbiā aurīgam sē ē trahā jactet, in vīlissimō quōdam scamillō sedēns, tribus jūmentīs vectus. Cēterum omnia quae imperāverim, rēctē perficit, ūsūque trahae impetrātō, multās reportat rādīcēs cum ipsārum humō: hās dīvidit aut circumcīdit, fimum cūrātissimē ingerit; dēmum satis magnō cum labōre amplum facit sēminārium. Tum mēcum arguō, sī nimium praeparētur cibī, id minimē culpandum, quoniam trēs virī vescī ē meō oportēbit: item industriōs hominēs nōn ē suīs labōribus effugitūrōs; jam prō patriā adoptāsse hanc īnsulam. Ēlāpsus quoque suās inveniēbat operās: atque ego, dum uterque mihi, quidquid jubeam, oboediat, gaudeō quod līberrimā ūtuntur dīligentiā, neque socordiae sint amantēs. Tamen nē subitō dēfessī concidant, saepius excōgitābam, aut lūdō aut varietāte, levāmenta labōris. Rēmigandō, piscandō, gladiātōriīs lūdīs, natandō quotīdiē, tēlīs et catapultā, ōrdinārium opus variābātur. Tunc autem texendō vel plicandō praesertim exercēbat sē Ēlāpsus, nec quidnam cōnficeret, satis intellegēbam. Ex cannīs diffissīs quasi tabulās complicat artē rēticulātās, juncōsque sīc internectit, ut forāmina conclūdat. Levissimum sānē erat opus, quamquam firmum. Artem ejus admīrāns, quaerō tandem, quōrsum haec spectent. Respondet, "Propter scapham, sed ferrō quoque opus esse." Amplius interrogantī, tōtum suum prōpositum explicat, partim verbīs, partim rem ipsam dēmōnstrandō. Ait, scapham in fluviō esse nōn semper malam, in marī cum vēlō plēnam perīculī; quippe quae neque flūctūs neque vim ventī tolerāre possit. Duplex opus scaphae esse addendum. Nē flūctus ā fronte supercurrēret, ērigendam tamquam lōrīcam in prōrā, dein praeter latera quasi ālās expandendās, sed hās firmandās ferrō. Id mihi esse cūrandum, sē parātūrum cētera. Admīrābar hominis ingenium, nec tamen prōram praealtam approbābam; ille vērō negat sine hīs rēbus vēla prōfore. Mox ingemō, nescius quārē, quōrsum, quandō, in magnum mare sim invāsūrus. Sed mēmet objūrgō: Cūr tandem, priusquam hī virī ad tē vēnērunt, tū tantopere hanc scapham fōvistī? Agnōscō oportēre, in cāsūs necessāriē incertissimōs, scapham quam rōbustissimē reconcinnāre, vēlīs idōneam. Itaque dē ferrāriā rē etiam atque etiam commeditor, modo chartā dēlīneāns, modo ipsa ferrāmenta colligēns, comparāns, exāmināns.

Inter haec libet cum Ēlāpsō caprōrum scopulōs vīsitāre. Equidem semper timidus fueram, quotiēs ibi forem, (nam inter saxa prōspicere nequībam) nē novum quid atque īnfēstum latēns subitō ingrueret. Fateor mē, dum sōlus manēbam, timidiōrem in diēs factum. Minus minusque mē in dēnsōs artōsque locōs volēbam committere; sed aperta amābam spatia, ubi cūncta longē possem prōspectāre: idcircō quoque minus inter saxa caprīna pervāseram. Nunc cum Ēlāpsō fortiōrem mē gerēns, cum pistolīs prōdeō: ille sīcam gerēbat: explōrāre, nōn vēnārī volō. Ascendimus trāmitem; verna prāta flōribus suāveolentia praeterimus; locōs nōtōs recognōscō. Mox longius penetrāns, ab excelsiōre quōdam saxō repente novum grātissimumque videō prōspectum. Lacus longissimus, quasi amnis flexuōsus, per plūra mīllia passuum in fronte jacēbat. Aquās quāsdam vīcīnās anteā notāveram; jam agnōscō aut membra hujus fuisse lacūs, aut ejus quasi cisternās nātūrālēs. In ōrā erant herbae fruticēsque viridissimī, ūberrimum mītibus bēstiīs praebentēs alimentum. Circā surgēbant acclīvēs scopulī, quibus dēcurrentēs sine numerō rīvulī lacum replēbant. Maxima vīs hīc versābātur aquātilium alitum tamquam suā in domō. Dum haec mē valdē excitant, Ēlāpsus antilopārum gregem vīderat, magnā cum dēlectātiōne: mihi in palūdēs aspicientī illud jam succurrit, fortasse hās ejus esse generis quod *palūstre* appellātur. Sed nōlō eās perturbāre, atque ad mare potius dūcō, ubi juga montium altius assurgēbant. Lacum ā septentriōnibus circumeō, inde pergēns mare versus. Tandem, per scopulōs ēnīsī, mare nōn longē vidēmus, sed dēscēnsū asperrimō ā nōbīs dīvīsum. Subjacēbat ōra terrae, longula, palmīs praesertim abundāns; sed rūpēs ulterius ipsās in undās vidēbantur sē praecipitāre. Nūllum sānē portum hāc in ōrā dispiciō, quod orientem versus patēbat. Circumversī, sed mare dēspicientēs, redīmus domum. Ego vērō, quamquam augēscēbant imbrēs, operā ferrāriā identidem exercēbar. Incūdem, follēs, malleōs, forcipēs, ē rē tormentāriā nāvis nostrae habēbam. Fornācem dē novō, famulīs meīs adjūtus, dēcrēvī exstruere, latericiam māteriem residuam adhibēns. Carbōnēs ē lignō parāre uterque probē calluit. Mox, Ēlāpsō follēs exercente, ego ac Secūtor ferreolōs calefactōs tundēbāmus. Etiam calidum frīgidō pertundere docēbam, dum Secūtor forcipem tenet. Sīc virgae ferreae, quālēs propter scapham postulābat Ēlāpsus perficiuntur. Aliud post aliud paulātim cōnāmur; prīmō multimodīs clāvōs ferreōs mūtābāmus,— in hāmōs, in ānulōs, mox in spīcātōs ānulōs; sīc plūrēs in fōrmās discēbāmus ferrum fingere. Tandem illī, rē tōtā perspectā, significant, meō labōre nōn jam esse opus: sē hujus artificiī esse compotēs. Inter haec, magnō sum dolōre afflīctus, occīsō psittacō. Hunc accipiter quīdam incautum excēpit, neque ego ulcīscī poteram, quamquam strepitum cārissimae avis audiēns. Sed antequam ignipultam attinērem, hostis cum praedā ēvānuit. Hanc sānē rem aegerrimē tulī. Quod postquam animadvertit Ēlāpsus, sōlārī mē volēns, psittacōs nōn bonās esse avēs dīcit, aliās quāsdam longē meliōrēs; neque dolendum esse, quandō tanta mihi superesset avium pulcherrimārum atque ūtilissimārum varietās, quae *velut caprae aut columbae* cibātum ab homine accipere vellent. Tunc meminī, eum tāle quid dē phāsiānīs illīs dīxisse; mox interrogandō comperiō, ipsās hās avēs facile mānsuēscere et ōva parere plūrima: id quod libenter audiō. Tum Secūtōrī dēnūntiō, sī aliquot hārum avium possit īnsidiīs capere vīvās, id mihi fore grātissimum.

Plūrima per imbrēs parābāmus. Catapultās in diēs perfectius figūrābant: lōrīcam ego et ālās scaphae summā cūrā mātūrābam. Scīlicet Ēlāpsus bitūmine quōdam opus suum perūnxerat, ut aquam rejicerent juncī cannaeque: ā mē postulābat ut compāgem tōtam firmiter conjungerem. Alia quaedam in melius novābam, quae longum est dīcere:—dē supellectile tractōriā, item dē arcīs penāriīs. Famulī autem meī operās quāsdam inter sē exercēbant, dē quibus nōn cōnsulēbar. Id mē nōn conturbat, quoniam industriōs sentiō. Inter imbrēs pābula vel ligna colligunt, folia, cannās, alia reportant, fimum humō ingerunt, gregī īnserviunt, natant, rēmigant, gladiō vel tēlīs sē exercent. Sīc diēs praetereunt celeriter. Jam Secūtor ad mē venit, venerānsque humiliter ait, "Pessimōs esse leporēs: velle sē occīdere." Dioscōreās et maniōcās ostendit, nōn corrōsās modo, sed ex humō ēvulsās. Leporēs sī suprā sint, "bonōs" esse ait, sed "īnfrā nōn bonōs." Etsī parum bene loquēbātur, intellegō quid velit, et videō nōn esse absonum. Attamen vexāre mītissimam gentem, quam egomet tamquam colōnōs dēdūxeram, id nimis crūdēle putō. Tandem, multum reluctātus, ēscā atque blanditiīs veterēs mānsuētōsque parentēs capiō, et in prīstinam caveam conclūdō. Cēterōs ad arbitrum Secūtōris abigī aut occīdī patior. Duōrum jam ministrōrum operā adjūtus, paulō amplius poteram litterīs mē dare: id vērō ipsum illī mīrābantur. Aliquandō quāsdam rēs iīs ē librō legēbam, sī quid possent intellegere: post paulō id eōs penetrābat altius. Nempe vidēbant, sibi esse aut suam aut senum aliquot quibuscum vīxissent sapientiam; mē ex librō plūrimōrum cognitiōnēs ad libitum meum haurīre. Quoniam neque librōrum habuī cōpiam, neque ōtium iīs esse poterat, litterās docēre supervacāneum crēdidī; sed līberē colloquēbar multīs dē rēbus. Illī autem, arrēctīs animīs, studiōsē auscultābant. Dē meīs fortūnīs aliquot rēs ēnārrāvī, dēnique dē naufragiō. Magnitūdinem dēmōnstrāvī nāvis et ūberem rērum cōpiam, quam ex merīs ruīnīs excēpī. Tālia dum nārrābam, illī textilia continuābant opera et linguae meae in diēs fīēbant intellegentiōrēs: id quod maximī sānē erat mōmentī.

Tandem sē aperiunt, explicantque quidnam ēlabōrāverint. Rēgium mihi vestītum exhibent atque impōnunt. Prīmum erat capitis decorāmen, crista vel corōna ex pennīs multicolōribus: hanc īnfulae meae superimpositum volēbant. Dein teges dorsuālis ex palmeīs cannīs atque arundinibus; quae sīc erant dispositae, ut ipsārum colōrēs prō pulcherrimō fuerint ōrnāmentō. Praecīnctōrium item erat ex mollibus juncīs, quod ā ventre ad genū pertingēbat. Tum calceī, ex palmārum fūne suprā, ex cocōrum villō īnfrā. Ē bullīs vitreīs catellās fēcerant, collārem tālāremque: porrō aliās bullās aut vestī aut praecīnctōriō assuerant, tamquam gemmās. Tālia fidēlitātis documenta laetissimē et benignissimē accēpī: sēnsī profectō, posse barbarica rēgnī īnsignia multum valēre, aut apud hōs ipsōs, aut apud aliōs barbarōs. Dēcernō quotīdiē, fīnītīs operibus, ūnō alterōve hōrum mē ōrnāre; et sī quā diēs sōlemnior vidērētur, gestāre ūniversa. Nunc, benignitātis ostentuī, utrumque fidēlium ministrōrum super oculīs ōsculor. Longum foret sī nārrārem, quantā cum industriā messem frūctuum, rādīcum ac foliōrum suā in tempestāte collēgerīmus, trēs virī cum tribus jūmentīs. Ego autem post biennium hāc in īnsulā jam factus sum temporum perītior: sī vērō anteā ego nimium fuī avidus, hī nunc meam aviditātem superant. Nec culpō, immō laudō et grātiās agō, quod tam labōriōsē vīctum et dēliciās comparent. Pluviae, calōrēs, procellae, fulgura, suō in ōrdine, velut annō superiōre rediēre. Dēmum, tempestāte illā perāctā, caelī serēnitās rediit; atque illī sub aurōram labōrantēs, scapham perficiēbant praesaeptam labrōsamque. Dein post autumnālēs procellās prōrsus fīnītās, ut ipsō in marī probārētur opus, ērēctī sunt omnium animī. Vēlīs accūrātissimē recognitīs, variās cursūs experīmur fōrmās. Prō saburrā ponderōsa aliquot saxa portābāmus; haec cum ipsā ancorā ita collocāvimus, ut scapham male dēprimerent; quae nihilōminus sē solidam stabilemque praestitit. In portum regressī, novam lōrīcam explōrāmus, num quā laxētur vel firmitāte careat. Sānē plauditur ab ūniversīs. Postrīdiē cōram mē submissē veniunt, dīcuntque, "esse quod velint ōrāre: spērāre sē, benignē mē audītūrum." Impetrātā veniā, līberē curtēque explicant, "sine uxōribus vītam nōn bene trānsigī: velle sē in scaphā uxōrēs ex adversā terrā reportāre." Id mē sānē perculit: tot rēs in mentem irruēbant; vultusque meus, ut crēdō, retegēbat, quid sentīrem. Breviter ajō: "omnī in rē mē illīs cōnsultum velle; sī possim, factūrum; sed multa esse perpendenda, nec posse mē illicō respōnsum dare. Ad mūnia sua redīrent, crēderentque mē dē suō commodō ānxiē meditārī." Dē mōbilitāte et perfidiā barbarōrum multa audīveram. Mēmet interrogābam, anne idcircō rēgiīs mē honōribus cumulāverint, ut scapham fūrātī abīrent. Id vērō posse negō; hī namque virī fuēre hostēs: uterque ad mē quam ad alterum propior est. Tum sī aufugere velint, Quamne ad terram? anne ad patriam? sed patriae sunt dīversae. Sed sint sānē fidēlēs: mēne scapham meam cum meīs ministrīs marī committere, domī sedentem? quī sī flūctibus haustī numquam redeant, iterum sum orbātus, et pejus quoque, spē abruptā. Melius arbitror perīcula participāre. At sī omnēs ēgredimur, quis gregem cūstōdiet? quis frūgēs dēcerpet, servābit? Tālia commeditātus, crāstinō diē iterum colloquor. Prīmum interrogō, Anne jam uxōrēs habeant. Secūtor abruptius respondet: "per mē suam uxōrem ā sē distractam:" fuscus autem rubor, dum loquēbātur, vultum oculōsque implēbat, in quō tenerum aliquid inesse putābam. "Mortuum esse sē uxōrī suae," addidit; "quae, secundum gentis mōrem, jam aliī virō sine dubiō nūpsisset; quoniam, sē vīvere, nēmō suōrum posset crēdere." Rēctē eum dīcere jūdicābam. Mox Ēlāpsus ūmēscente oculō incertāque linguā respondet, "sibi virginem quandam fuisse dēspōnsam, quandō ab hostibus surreptus esset." Nihil ultrā addidit. Deinde interrogō, unde velint uxōrēs petere? ab Ēlāpsī patriā an ā Secūtōris? et quō signō cursum in marī possint dīrigere? Respondet Ēlāpsus, "Secūtōrem ad ipsīus patriam nōlle revertī: id uxōrī ejus fore crūdēlissimum: Ēlāpsī patriam ambō petītūrōs. Cēterum sī ventō favente hanc īnsulam ipsā vesperā relinquant, cum lūce terram continentem propius vīsūrum, cūnctam sibi satis nōtam; deinde, ut prīmum populāribus suīs aspiciantur, hīs approbantibus ad terram appulsūrōs." Tālia quum audīssem, respondī: Rēctē sē rēs habēre; sed amplius esse ponderandās.

Vespere post operam, ad rem redeō, interrogāns: "Quis autem tot buccīs cibum dabit, sī hāc in īnsulā quīnque erimus,— trēs virī, uxōrēs duae?" Tum Secūtor arrīdēns ait, "Octo hominibus satis esse jam cibī, superque." Ēlāpsus autem, genibus meīs prōvolūtus, dextram ōsculātur, ōratque, "nē īrāscar; sed amplius quiddam illōs in animō habēre. Interrogantī mihi, Quidnam igitur?" respondet: Mātrem suam esse mortuam, frātrēs occīsōs: velle sē, sī possit id fierī, patrem suum hūc trānsvehere. Hoc quum dīxisset, vultum meum sollicitē contemplāns, addit: "Numne aliud quiddam audeam dīcere?" "Perge:" inquam. Tum dīcit, "Nescīre sē, quis sit uxōrem datūrus: posse autem fierī, ut parēns, quī ūnam habeat virginem fīliam ita velit dare, sī cum eā sit itūrus. Anne ego nōlim īnsulam meam frequentārī?" Rēs ipsa nōn mihi displicēbat: quamquam id quoque reputō, cavendum esse, nē nimiā barbarōrum frequentiā ipse in servitūtem redigar. Ergō benignē respondeō, dē tot novīs rēbus cōnsīderātē cōgitandum. Illud tantum affirmō, sī proficīscentur, mē socium perīculī habitūrōs.

Postrīdiē iīs annūntiō, grātissimum esse id mihi, quod tam longē prōspexerint tamque industriē labōrāverint, praeparantēs cibum, īnstrūmenta, māteriem, ipsamque scapham. Tālibus virīs, quidquid restet arduī, spērāre mē fore prōnum; sed priusquam aliīs dē rēbus dīcam, illud apprīmē necessārium, ut nostram nōs īnsulam explōrēmus, antequam in cāsūs maris committāmur. Hoc enim stāre mihi certum, ut nōn sine mē nāvigent. Jam sī procella ingruet, sī vī ventī in aliud īnsulae latus dētrūdāmur, quid ignāvius, quam nōn nōsse portūs, lītora, rīvōs, ubi tūtō recondāmur? Circumnāvigandam īnsulam, indāgandās prōfluentēs maris, tentandās bolide profunditātēs, notandās in chartā montium fōrmās, priusquam in incerta maris ruāmus. Haec quum dīxissem, illī prīmō vix intellegēbant; sed postquam bis terque explicāvī, tandem aequissimīs animīs dēcrētum meum accēpērunt.

Caput Ūndecimum

Post hōs sermōnēs uterque magis magisque in operās ruit. Vestītūs nūptiālēs ac dōna spōnsālia crēdēbam praeparārī. Cannārum, arundinum, juncōrum, restium vel fīlōrum, pinnārum plūmārumque magnam vim comportābant. Posteā explicātur, patriō Ēlāpsī rēgulō plūmātam vestem ac dorsuālem tegetem prō dōnō dēstinārī. Id quum intellēxī, ē vitreīs meīs bullīs plūrēs obtulī, ut prō torque collārī essent: hās accēpit Ēlāpsus libentissimē. Videō quoque lectōrum opercula vel strāgula ē mollibus juncīs contexī: igitur versicolōrēs vestēs quās habēbam fulgentissimās in spōnsārum ūsum dōnō. Ego vērō bolide (quam Graecī vocant) quaesītā;—etenim plūrēs in nāve fuerant—saepius cum alterutrō virōrum ēgrediēbar longius, interdum in cymbā, sī valdē esset serēna tempestās, quia tum rēmīs certior est cursus. Tunc tōtam illam ōram quae Caprīnō Jugō subjacet, satis explōrāvī; nusquam patēbat scaphae receptāculum: sed collēs accūrātē dēlīneāvī, ut locōs posthāc recognōscerem. Necnōn cum ambōbus in scaphā ēgressus, ōram adversam juxtā hortōs ulterius vīsitāvī; quidquid dē lītore, dē profunditāte, dē montibus erat notandum, id cōnscrīpsī, notātīs caelī regiōnibus. Necnōn ūnīcuique montium nōmen indidī aliquod, cum suā figūrā dēscrīptum. Quum diē quōdam in hortīs cum Ēlāpsō permānsī, Secūtōre domum missō propter variōs ūsūs, per īnferiōra prāta dīligentius exspatiantēs, orȳzam invēnimus in ūvidiōre locō lātē crēscentem, ubi numquam anteā incesseram. Hanc rem crēdidī posse aliquandō magnī esse mōmentī. Postrīdiē quiēscente aurā, excurrimus in cymbā usque ad portum hortōrum.

Montem illum altissimum jūdicō praecipuum esse oportēre locōrum documentum. Quārē ā tribus lateribus figūram ejus accūrātē dēlīneō; tum crēdidī, mē, sī hāc in parte īnsulae forem, in diē quamvīs nūbilō positūram meam agnitūrum. Cautēs quoque, sī quās vidērem, scrīptō notāvī. Prōfluentēs maris multō erat difficilius observāre vel conjectāre; nam aestus diurnus atque aura conturbābat ratiōnēs meās. Īnsulam ā Septemtriōnibus praevertī nōn ausus sum. Multa nāvigandō expertus, tandem dēspērō dē prōfluentibus cognōscendīs, nec valdē perturbor, sed dē hāc rē reticuī.

Domum revertentī dēlicātissimum mihi prandium appōnit Secūtor, ex avibus grandiōribus membrātim concīsīs. Genus avium nesciēbam: num ōtidēs esse possint, dubitābam. Ille explicat, esse eās ex hōc genere, quod mānsuēfactum volēbam; sed hāctenus nūllam sē cēpisse vīvam. Neque ille neque Ēlāpsus vult vēscī: sed postquam fīnīvī, vēscēbantur. Tum interrogō, quidnam dē grege possit fierī, sī nōs omnēs peregrīnāmur. Tacent paulisper; mox Ēlāpsus respondet: "Sī faveant aurae atque Fortūna Marītālis, trīduō nōs posse revertī. Solvendum esse gregem, compedibus fortasse vel objicibus praepedītum. Quandō redeāmus, fistulae cantuī oboedītūrōs: sīn minus, sī forte haedōrum aliquot āmittantur, ferendum damnum. Nōs ē colle Caprīnō novōs haedōs, sī libeat, vēnārī posse; uxōrēs nōn posse." Quandō haec sēriō ac dēlīberātissimē dīxit, vix rīsum continuī. Sed pergō interrogāre, Quot rēmōs habeāmus scaphae. "Duōs tantum," respondent; eōs nempe quōs egomet fabricāvī. Id sufficere negō; quippe sī aurā dēficiāmur, fortasse rēmigantēs trēs virī quattuor rēmīs novum assequēmur ventum, sed duōbus ūtentēs rēmīs in stāgnante āere haerēbimus. Novōs rēmōs, clāmant, caedendōs; id quod ego comprobō. Tum alium injiciō scrūpulum. Sī barbarīs foret cōnflīgendum, ego ignipultā pistolīsque valeō; ministrī meī cōminus gladiō bene pugnant, sed ēminus ā barbarīs superantur. Nam neque multās habent sagittās, neque multum in hāc arte sunt exercitī: porrō sī maximē essent sagittāriī, duo virī ā multīs facile obruuntur. Meliōribus opus est tēlīs,—Hīc pausam faciō. Illī prīmō tacuēre: tandem invītō sermōnem. Ēlāpsus timidē interrogat, "anne sciam, quot habeāmus in ūsum catapultārum praeparāta spīcula missilia?" Tum respondeō, "Ego certē nesciō." Ille vērō, tamquam veritus nē mē reprehēnsiōne corripiat, tacet iterum. Sed Secūtor, paulō audentior, testātur, "nōn posse illōs portāre spīculōrum jam cōnfictōrum pondus: plūra cōnfingere, inūtile esse: quod genus tēlōrum sit melius, sē nescīre, nisi sī ignipultās dēnotāre velim." Sēnsī mē errāsse; nam nōluī igniāria tēla tunc eōs ēdocēre. Itaque benignē dīxī, "industriam illōrum omnī laude esse dignam, mēque gaudēre, quod tantam habērent spīculōrum vim: spērāre mē, sine proeliō aut jūrgiō nōs reditūrōs; sed quotīdiē catapultās exercērent, et tot uterque sēcum assūmeret spīcula, quot rēs ipsa permitteret." Tālī respōnsō contentōs sē dēmōnstrābant.

Caesīs duōbus cocōrum truncīs, dissecāmus, dolāmus, in rēmōs fingimus;—nam quattuor rēmōs placēbat cōnficere. Variātā operā ac lūdō, in labōrēs reficimur, aemulātiōne ac spē ērēctī. Haec inter negōtia multum colloquimur. Dē ipsōrum patriā interrogō virōs, numne eārumdem rērum sit ferāx, quae hāc in īnsulā gignuntur. Illī explicant, paene contiguās sē habitāsse regiōnēs, scopulōsā ōrā dīvīsās, quae ipsōs propter scopulōs ab utrīsque concupīscerētur; hinc illōs internecīnīs involvī bellīs. Nam cēteram suōrum terram ex merā humō cōnsistere, mollī, ūvidā, arboribus fruticibusque ūberrimā, sed siccīs solidīsque locīs carente: porrō per inopiam ferrī optimum lignum minus esse ūtile; igitur saxō dēstitūtīs nūlla esse domōrum fundāmenta. Domōs gentīliciās, ut plūrimum, nīdōs esse, inter rāmōs arborum contextās, ut ab ūdō solō submoveantur, praesertim tumēscentibus fluviīs. In ūvidā calidāque illā humō prōcērās nāscī arborēs, ēgregiōs frūctūs; plūra tamen genera meīs in montibus vigēre, quae illīc ūvidus calor nōn patiātur. Interrogō, Habeantne ūvās? "Habēbāmus," inquit Secūtor, "sed gustū hīs disparēs: nīl erant nostrae, nisi dulcis quaedam in ōre aqua." "Ergō," inquam, "tū exquīre, quidnam ē siccātis nostrīs ūvīs sit optimum, quod patrī spōnsae tuae dēs dōnō." Arrīdet. Tum in Ēlāpsum conversus: "Tuāne in patriā nūptiās tum celeriter perficiunt, ut parēns tribus hōrīs ūnicam fīliam virō ignōtō forās dūcendam trādat?" Paulum pudibundus respondet ille: "Sī pater domī relinquendus erit, nōn potest id fierī: sīn pater cum fīliā sit itūrus, potest nōnnumquam. Atquī neque ego inter meōs sum ignōtus, et propter mē cōnfīdent Secūtōrī. Tē autem rēgiē vestītum postquam vīderint ac vim tēlōrum nōverint, audierintque ā mē quālis et quantus sīs, quidlibet mihi tuī grātiā concēdent." Dubitābam, merane esset hoc adūlātiō, an vēritās; vēra tamen eum dīcere, libēbat crēdere. Mox ē Secūtōre quaerēbam, quāpropter ipse atquī ipsīus populārēs ad īnsulam meam tunc pervēnerint et numquam aliās. Rem ab initiō nārrat. Scopulōsa illa regiō erat ab alterīs occupāta: hinc coeptum est bellum. Quisquis hostium erat in praesidiō, comedendus dēstinābātur: id gravissimum iīs supplicium. Inter aliōs correptus est illīc Ēlāpsus. Sed patriam versus redeuntēs oppressit procella, quae duās scaphās in apertum mare abripuit. Tōtam noctem frūstrā luctātī, summō māne īnsulam meam nōn longē vīdērunt. Volentēs neque vēnēre neque iterum venient; nam igneī meī tēlī vīs prō fulgure praestigiātōris dīvīnī sine dubiō nūntiātur. Tum volō scīre, utrum hīc esse īnsulam prōrsus nescīverint. Tum Ēlāpsus cōnfirmat, montem īnsulae excelsissimum interdum distinguī; sed nōn vacāre ut merā cūriōsitāte marī sē committant,—tumidō, an tranquillō. Percontor, numne carō hūmāna propter libīdinem palātī exquīrātur. Ambō vehementer negant: in ultiōnem summae injūriae, idcircō tantum ajunt quasi religiōsē comedī. Mox Secūtor urget, ut disertē dīcam quō diē velim nāvigāre; nam certum sē habēre, benigna mea verba prō factīs valēre, nec velle mē sine causā diem prōferre. Tum videō dēcernendum esse sine ignāviā dīverticulōrum. Respondeō, sī cūncta parāta sint, intrā trīduum nōs profectūrōs. Rūrsus interrogat, anne velim eum omnia, quae victūs causā sunt commoda, praeparāre: ego autem assentior. Crāstinō diē, dum aliīs in rēbus absum, Secūtor haedum jugulat, sanguinem in agellō suō diffundit, cornua reservat, membra discerpit; alia coquit, alia suspendit in fūmō. Ungulās Ēlāpsus prō glūtine arripit, pellemque incipit patriō mōre depsere. Haec rediēns inveniō obviam; sed neque probō neque culpō, quoniam veniam meam praeripuerat Secūtor. Ad Ēlāpsus conversus quaerō, anne suā in patriā tālēs sint caprī, sīve aliārum pellium abundantia. Respondet, apud suōs abundāre ursulōs, porcillōs, immō porcōs variī generis, macacōs, sciūrōs, et quadrupedēs caprīs meīs parēs, paene aquāticōs; ex quibus pellēs dīversās habeant; porrō formīdandōs sed rārōs pardōs, quōrum pellis optima sānē: item audīsse sē, longē inter scopulōsōs collēs caprōs ferē hujusmodī existere: sē numquam vīdisse.—Libet mē tālia scīscitārī et colloquī.

Post bīduum mihi nūntiant, parāta omnia: occidente sōle nāvigandum. Hic nūntius mē quasi stupōre dēfīxit; nam mīlle rēs prius vidēbantur cōnficiendae. Sed videō mē multa imperāsse: nunc dictō oboediendum: ergō dē bellicō apparātū prīmum satagō, postpositīs rēbus cēterīs. Mox reperiō Secūtōrem leporēs meōs occīdisse, coxisse, sub crustulā condidisse. Vultū angōrem dēmōnstrō: sed ille, mē commōtum sentiēns, humī cōnsīdit tacitus, reprehēnsiōnem (crēdō) expectāns. Dēmum frāctā vōce ait: "Paenitet mē, sīquid tē, ere, laesī." Tum suspīrāns dīxī, "Mūtārī nōn potest: fortasse nōn male fēcistī: cēterum nē canem meum occīdās. Ego vērō tibi ignōscō." Nē longus sim, ferē Nōnīs Novembribus, sub noctem nāvigāmus, nunc rēmīs, nunc aurā adjūtī. Astrīs facile dīrigēbātur cursus ad merīdiem. Quum ventō tranquillē ferēbāmur, quiētī mē dedī, jubēns, sī quid mūtārētur, expergēfacere. Ante lūcem stāgnāvit aura; tunc ēvigilō; jubeō rēmigāre. Ortō mox sōle, Ēlāpsus grūmōs patriōs procul agnōscit: uterque maestior vidēbātur: susurrābant inter sē. Sed Ēlāpsum dormīre jubeō: ego cum Secūtōre prōpellō scapham. Post hōrulam videō Ēlāpsum propter inquiētam mentem nōn posse dormīre; itaque Secūtōrī imperō somnum. Quandō intrā cōnspectum venīmus, Ēlāpsus in mālō ērigit signum, apertāque arcā, rēgiīs vestibus mē exōrnat. Tum extractō cibō vēscī hortātur. Secūtor mox ēvigilat, et vēscimur omnēs, cane nōn invītō. Jam linter ā terrā cautius appropinquat: trēs inerant virī: crēdō, quia nōs erant trēs. "Quid autem tē tuī cīvēs vocant?" Ēlāpsum interrogō. "Ego apud eōs" inquit, "sum Gelavi." "Dehinc ergō apud mē eris Gelavius," inquam. "Ego vērō apud meōs eram Totopil," īnfit Secūtor. "Ergō tū," inquam, "eris Totopillus." Dum rīsū et alloquiō oblectāmur, accesserat linter: mox noster Gelavius nesciō quid clārā vōce prōnūntiat. Illī gestientēs strepunt, proximē accēdunt, mē mīrābundī aspectant. Postquam iterum perōrāvit Gelavius, illī rapidē ad terram rēmigant, nōs sequimur tardiusculē. Tandem, jubente Gelaviō, ancoram jacimus: mē virī meī, honōris causā, umerīs suīs in lītus dēportant. Strātīs tapētibus, cōnsīdō: sēricam meam umbellam Totopillus super mē praetendit; Gelavius ēvānuerat. Opperīmur reditum ejus. Redit dēmum cum catervā magnā. In fronte erat ipse, cum seniōre virō et virgine. Tum mē compellāns ait, "Ēn pater meus! Ēn ūnica soror!" Pater genua mea manūsque fervidē ōsculātus est, virgō quasi venerāns cōnstitit. Mox Gelavius cum Totopillō verba sēcrētō habet, post quae intimōs crēdidī sermōnēs miscērī. Intereā tōta nōbīs caterva circumfunditur, mox ad scapham sē convertit. Id mē aliquantum commovet. Gelavius autem multās rēs, dōna prīncipī, effert; dein ignipultās meās cum sacculīs subsidiāriīs: mox Totopillum videō scūtulum prō mētā ērēxisse.

Quīnque juvenēs cum arcubus astābant. Ā vīgintī passibus sagittās ad scūtulum dīrēxēre; nēmō medium ferit, nēmō per tabulam penetrat. Deinde Gelavius et Totopillus ā trīgintā passibus ē catapultīs jaculantur. Hī et jūstius collīneābant, et altius penetrābant: facile erant victōrēs. Posteā ad mē venerāns accēdit caterva, ōrāns ut ignipultae ostentem vim: tum multō cum honōre ad carcer dūcunt. Quīnquāgintā passūs mētārī jubeō: bitubam meam suā cum furcā comportāveram. Dēmissō genū, bis ignem ējiciō: utraque glāns medium trānsverberat scūtulum. Ejulābant territī, mox murmure collaudābant: deinde magnum erat silentium. Gelavius tunc cūnctīs explicat, hīs tēlīs sē per mē fuisse servātum. Inter haec Gelaviī pater cum fīliā cōram mē redit, Totopillus autem prō interprete mihi explicat, velle illum sē suamque fīliam fideī atque īnsulae meae committī. Tum ego abruptius Totopillō, "Egone hanc prō tuā uxōre mēcum reportābō?" Is autem ērubēscēns annuit: "Ere! reportābis sānē, sī libet, et uxōrem meam et patrem uxōris." "At vērō," inquam, "prīncipī oportet mē obviam venīre honōris causā, nec tamquam clanculum abīre." Respondet Totopillus, "Immō, id prīncipī foret ingrātum. Ille neque tibi vult offēnsam afferre, neque nimiō ergā tē honōre sē suīs ēlevāre. Sed dōnīs Gelaviī plācātus, honōrificam cōram multitūdine dē tē fēcit mentiōnem." Jamque accurrit Gelavius, excitātus ut numquam vīderam. Hic sēcum habēbat virum ac mulierem cum virgine. Mē rēctā petit, et rem omnem aperit. "Ellam! quae mihi erat dēspōnsa. Propter meī amōrem nōndum voluit nūbere: ēn pater māterque ejus! Tūne nōlis, Ō ere! hanc meam familiam mēcum revehere? Omnēs sunt tuī cupidissimī." "Ego sānē volō," inquam: "sed quot post hōrās?" "Jam sunt parātī," respondet: "ad tenuem comportandam supellectilem vix sēmihōrā opus est." Fateor, haec mihi nimia erant: velut in somniō esse vidēbar. Tandem ministrīs meīs dīcō: "Quod bene vortat Deus, ex intimō pectore grātulor vōbīs. Nunc, nē tempestās sē mūtet, quam celerrimē redeāmus." Illī cum seniōribus colloquuntur; tandem renūntiant, tribus post merīdiem hōrīs esse nāvigandum. Id admīrāns, ajō nōn posse fierī. "Immō," ajunt: "sīc erit melius, ipsō tē jūdice."

Videō aliās aliāsque accēdere lintrēs, et multa inter sē parāre. Praestitūtā hōrā scapham ingredimur, quīnque virī, ūna mulier, duae virginēs, cum cane optimō, quem puerī valdē mīrātī sunt. Hospitum ūnusquisque spississimās suās vestēs indūtus est: strāgulās quoque in scaphā composuerant. Aura paulum erat adversa; sed octo lintrēs cum rōbustīs rēmigibus nōs fūne trahēbant, tribus hōrīs amplius. Simul ut Auster ventus flābat, Gelavius, multīs āctīs grātiīs, bonōs rēmigēs valēre jubet, mūnusculō quoque ūnumquemque prōrētam honōrat, sed tantā rēs trādidit celeritāte, ut, quid dederit, nesciam scrībere. Excussō remulcō, vēlīs nāvigāmus. Gelavius clāvum tenet. Illud tantum nārrābō, mē propter concitātiōnem mentis nōn potuisse dormīre; Gelavium, quī prius nōn potuit, post aliquot hōrās dormīvisse optimē. Jūcundissimam sēnsī noctis auram, et dē futūrō meditābar, nōn sine precibus ac grātiīs Deō oblātīs. Prīmā cum lūce montis nostrī figūram agnōscō. Tandem Austrō cessante, Subsōlānus ventus surgit vehementior, torquetque nōs nimium ad sinistram. Equidem nōlēbam tam pretiōsum onus vel minimō perīculō committere: igitur, quoniam nēmō omnium erat invalidus, in hortōrum portum dīrēxī cursum. Ibi sūmptō mātūtīnō cibō, scapham Gelaviō commīsī, cum patre, quandō faveat ventus, circumdūcendam: ego cum cēterīs domum revertor, collēs ēscendēns. Nōs ante merīdiem cavernās assequimur: illī sērius perveniunt. Summam autem rūpem dum pervādimus, fistulā canendō recolligō gregem. Dēsunt duo tantum ē jūniōribus. Hōs crāstinō diē Totopillus ācerrimē anquīsītōs recuperat, cane adjūtōre. Sīc illa rēs faustum habuit exitum.

Caput Duodecimum

Nōmina novae familiae hīc libet nārrāre. Gelaviī pater erat Pachus, soror Laris. Spōnsa autem Gelaviī Fenis appellābātur; hujus parentēs Calefus et Upis. Upim crēdidī vix amplius quadrāgintā quattuor habēre annōs, et neque Pachum neque Calefum exsuperāre quīnquāgintā. Bīduum praeparandīs nūptiīs dēstinantur; quae quidem omnia ipsīs relinquō. Nūntiō tamen parentibus per interpretēs meōs,—sī quid vestis apud mē sit, quod ūtendum velint sūmere propter fīliās suās, vel sī quae dē cavernīs videantur prō cubiculīs commodae, nē graventur quidvīs mē rogāre.

Inter haec maximō cum gaudiō accurrit Totopillus, nūntiatque sē ālitēs trēs, ex eō genere quod posset mānsuēscere, cēpisse vīvōs. Atquī nōn erant phāsiānī, neque, quantum ego poteram intellegere, ōtidēs; sed nostrātium gallōs gallīnāsque potius referēbant, quamquam longē erant grandiōrēs augustiōrēsque, ac sānē splendidī. Equidem Gallum Indicum prō nōmine indidī. Libenter crēdēbam, hoc avium genus numerō ōvōrum apprīmē excellere: tum mānsuēfacienda dēcernō. Mās ūnus erat, duae fēminae: nesciēbam, anne parēs numerō conjugēs esse dēbērent: sed Totopillō imperāvī, asservāret omnēs summā cum sēdulitāte, daretque operam, ut prōlēs gignerētur plūrima ac mānsuēta. Ipsum erat genus alitum, quod ōlim mihi Gelavius dēnotāverat. Quandō autem frūctuārium meum intrō, fūrēs ibi videō rēs dēspoliāsse. Cocōrum aliquot nucēs, sacculō quōdam discissō, abreptae fuerant: id sine dubiō macacōrum erat opus. Atque anteā, mē absente, ūnam nucem surripuerat macacus, neque, quī rem vīdit Totopillus, poterat prohibēre. Aliās rēs mīrē disjectās suīs ē locīs invenīmus: fēlēs inculpat Totopillus. Equidem nōn crēdō: sed ille urget vehementer, petitque ut liceat ūnam reservāre fēlem cum pusillō mare, cēterās abigere: ego vērō, nē nimium adversārer, tandem permīsī.

Explōrātīs cavernīs, trēs prō conjugālibus cubiculīs dēstinantur: sed quoniam opera quaedam prius vidēbantur necessāria, meō ipsīus cubiculō cēdō. Hoc atque mūsēum novīs nūptīs permittō, frūctuārium Calefō et Upī: ego in armāmentāriō dormiō. Nūptiās suō ferē in mōre trānsigunt: sed postquam uterque pater spōnsum spōnsam suam ōsculārī jussit, (id quod sōlemnēs caerimōniās mihi vidēbātur termināre,) ego, indūtus rēgium vestītum, perōrātūrus assurrēxī, jussīque Gelavium interpretārī. Dīxī mē, Deī nōmine, in meam eōs īnsulam convēxisse, ut forent beātī, mē regente: cēterum obsequentiam postulō: jamque imprīmīs, mea lingua est ab omnibus perdiscenda, et quantum fierī potest, semper dehinc hāc in īnsulā audiētur.—Tum Gelaviō et Totopillō imperō, ut prandium nūptiāle appōnātur. Post prandium, in rūpem ambulābant, mīrantēs īnsulam. Vespere, obortīs tenebrīs, ē corruptō pulvere nitrātō aliquot ego pyrobolōs cremāvī, gestientibus barbarīs. Sīc cōnfectae sunt nūptiae.

Jam ego Upī mātrēs antilopās, ā cane vigilanter cūstōdītās, dēmōnstrāveram, et dē mulgendī arte cōnātus eram explicāre. Ea cūram lactāriam ācerrimē suscipit: duae autem erant mātrēs cum haediculīs, nec multum sānē expectābam lactis, quamquam corpore erant grandiōrēs. Eadem cassāvam pānem ex maniōcā et tapiōcam optimē cōnficiēbat. Mox Calefus pollicētur nova vāsa fictilia, ac meliōra quidem, sē factūrum; atque ego dē cāseō, dē būtȳrō, dē lactis flōre, quidquid nōveram, per Totopillum commūnicō, sed cāseum praesertim cēnseō faciendum. Item plumbum liquefactum, ad

vitream vāsōrum superficiem quantum cōnferat, dēmōnstrō..
Pachus īnstrūmenta agrī colendī atque omnem rem ferrāriam
vehementer admīrātur: mox per Gelavium ēdoctus, prīnceps ēvādit
faber ferrārius, item agricola. Calefus operam figulīnam, lōrāriam,
fūnāriam potius exercēbat; māteriam quoque caedēbat libēns.
Totopillus, ut anteā, culīnae sē dabat: item cālō erat atque aurīga,
et hortulānus et lanius et auceps. Multam hic habuit in condendīs
dēcipulīs perītiam. Numquam ego nē ūnum quidem cunīculum
resticulīs potuī capere; at Totopillus porcillōs plūrimōs, avēs
innumerābilēs, laqueīs convolūtīs aut suspēnsīs capiēbat: hinc illae
cēnārum dēliciae, illa pennārum plūmārumque cōpia, quam
mīrātus eram; hinc nūperrimē gallus Indicus cum gallīnīs. Etenim
Gelavius patriō suō rēgulō vestem pulcherrimam, ē multicolōribus
avium plūmīs contextam, dōnō dedit, quālis in Angliā caballī
pretium afferret.

Videō porrō mē ipsum, velut in Brazīliā quondam, oportēre
nunc prō operārum praefectō esse. Nauticam quidem rem ipse prō
mē suscēpī; sed in nendō ē foliīs fīlum, in complicandō cannās,
juncōs,—multa faciēbant fēminae. Līnāmenta lucernārum
torquent, oleam palmārum exprimunt. Ē lignāriā fabrōrum arte
plēraque jam Gelavius exercēbat et quidquid jubērem, perficiēbat
prūdentissimē. In vīminibus cannīsque contexendīs perītissimī
erant omnēs. Hic autem locī affirmāre oportet quid dē barbarīs
sentiam, nōn omnibus, sed multīs, quōs nōs Anglī nimium
contemnimus. Errās valdē et pessimē cōnsulis, sī longē ex ipsōrum
cōnsuētūdine velīs eōs dētorquēre; attamen hunc errōrem sī
dēclīnās,—sī apertē ingenuē fidēliter jūstē agās,—multō fidēliōrēs
tibi erunt quam quis putāverit; mox mīram sagācitātem, grātōs
animōs generōsōsque, aliāsque virtūtēs neutiquam spernendās
dēprehendēs summam inter barbariem. Nōs autem, heu lūgubrī

fātō! nostra commūnicāmus vitia, illōsque dēdiscimus nātīvās ipsōrum virtūtēs; dein incertīs ex causīs inimīcitiae īnsurgunt, dōnec hostīle odium mītia commercia pessumdet. Prīma autem mihi cūra post nūptiās erat, ut rēs comparātās melius ōrdinārem, ūnamquamque suō in loculō. Novās ut ōllās largiōrēsque praepārāret Calefus, urgēbam, argillamque unde habēret, indicāvī. Ego autem, quoniam veterēs nōn sufficiunt arcae, majus quiddam, armāriī īnstar, eum mēnsīs interiōribus, condō. Forēs illās diaetae nauticae prīncipālis, quae suprā biennium apud mē jacuerant, prō hujus armāriī foribus adhibeō. Illud opus mē per sex diēs exercuit. Totopillum jussī cūrātissimē dēligere, quid prīmum dēbēret cōnsūmī, quid in saccharō cōnservandum, quid per sē posset cōnsistere. Is autem dioscōreīs, maniōcīs, cucumibus in novō agellō per sē dedit operam. Quotiēs aliquid aut piscium aut carnis erat cōnsūmendum, plūrēs didicerat reservāre reliquiās, quibus ēlixīs propter canem ac fēlēs massae farīnulentae vel alius cibus gustum dērīvārent idōneum. Mox dē oleō ac saccharō erat prōvidendum, dēque sagōne (quod appellant) et dē cērā palmārum. Palmīs aliquot succīsīs, aut farīnulentam medullam aut cēram habēbāmus: folia, cannās, stīpitēs, ad suōs quidque ūsūs adhibēmus. Maximam autem et oleī et sacchārī cōpiam jam nunc cēnsuī parandam. Saccharum Gelavius, optimum illud quidem, ē palmā quādam affatim dētulit: *Borassum Flābelliförmem,* ut nunc audiō, appellant arborem. Post haec dē agricultūrā dubitābam. Zēam quam maximē accūrandam opīnābar. Orȳzae plantās in hortīs dīxī invēnisse Gelavium; sed illam cultūram minus esse salūbrem crēdidī, nec posse nisi ūvidissimō in locō exercērī. Attamen Pachus et Calefus ōrant, ut sibi liceat hanc rem administrāre: itaque ipsīs remīsī, simul indicāns zēam ā mē orȳzae antepōnī. Pachus in cavernīs ōrdinandīs strēnuum sē praebet. Fēminae, adjuvante Gelaviō et māteriem suppeditante, in vestibus nectendīs valdē erant industriae; mox datō sāpōne, vestīmenta lavāre ēdocuī. Tandem, post duōs ferē mēnsēs, tōta mea familia suās habēbat sēdēs, satis ōrnātās, suāsque operās.

Tantīs adjūmentīs suffultus, poteram esse ōtiōsior, immō sēgnior: nec laetior tamen eram. "Quōrsum haec?" interrogābam. "Num tōta mea vīta sīc est dēgenda,—rēs opīmās colligendō, cōnsūmendō? An meliōrem aliquam religiōnem poterō hīs barbarīs impertīre? Tentandum est fortasse: sed linguam meam imprīmīs perdiscant oportet. Anne hōrum operā ecquandō patriam recuperābō meam?" Tālibus exercitus cōgitātiōnibus maestior fīēbam ac taciturnior: id vērō sentiō pessimī esse exemplī. Etenim nisi multum colloquar, nē Gelavius quidem nec Totopillus garrient Anglicē; tum cēterī nōn poterunt discere. Statuō fābellīs ac nārrātiunculīs, quotiēs cēnāmus, abundāre; et, cum Gelaviō imprīmīs, item cum Totopillō, dē religiōne sermōnēs habēre seorsum. Equidem jam prīdem dē meā ipsīus historiā quaedam, praecipuē dē naufragiō, illīs nārrāveram; sed plūrima tunc parum intellēxēre, atque iterum audīre avēbant. Nunc autem prīmum clārē dīxī quondam fuisse mē Maurī hominis barbarī servulum; id quod animōs eōrum adeō perculit, ut singula quaeque audīre cupīverint magnopere. Ego autem quae plūrēs per diēs tunc nārrāvī, nōn cēlārem lēctōrem meum, nisi dictū longiuscula forent. Profectō illa servitūs crūdum meum et praeferōcem animum salūbriter mītigāvit; et quoniam erum nōn crūdēlem habuī, multa tum didicī sub Experientiā magistrā. Porrō illā in terrā calōribus assuēvī, immō rōbustior fīēbam. Sōl ōrae Marocānae, nostrō longē ācrior, aurā Ōceanī temperātur, neque nōbīs est īnsalūber, modo caput fasciā sindonis involvās, et vīnō abstineās prōrsus. Illīc quoque plūrima didicī dē frūgibus, dē oleribus, dē fruticibus, quae posteā erant ūtilia. Plūrimās rēs item minōre didicī apparātū facere, quam quō apud nōs fīunt. Quippe ferrāmenta agrestia, domesticam supellectilem, īnstrūmentum culīnae, pistrīnī, fabricae,—offendī illīc rudiōra omnia; sed Necessitās inventrīx multa simpliciter cōnficit, quae fātō quōdam meō discēbam. Dēnique ipsō industriae frūctū superbiēns, strēnuus operis ēvāsī, versūtus ad excōgitandum patiēnsque labōris. Sed ad rem redeō. Aliud quoque jam aequum vidēbātur. Quoniam continuus labor ad vītam nōn jam erat necessārius, fēstīque aliquot diēs ipsīs barbarīs assolent, septimus diēs (quem *prīmum* vel *Dominī* diem appellāmus) Chrīstianōrum mōre dēbēbat tandem distinguī; ex quō religiōnis aliqua posset cūra exorīrī. Itaque Kalendāriō meō recēnsō, quisnam sit "diēs Dominī" discernō: tum subditīs meīs ēdīcō, ut fēstus sit hic diēs: quō diē item cōram mē post mātūtīnum cibum congregentur. Ego rēgium monīle gerēns, precem brevem Nūminī Suprēmō prōnūntiō, ut suō hālitū mentēs nostrās pūrget; illum quoque ipsīus propter virtūtēs adōrō: posteā litterārum rudīmenta cūnctōs doceō, ut novam linguam profundius animīs dēfīgam. Sī pluvia cadit, in mūsēō congregāmur; ego in tabulam ligneam crētā scrībō: sīn serēnum est caelum, ubi arēna subtīlis ac plāna est potissimum, ibi radiō maximās dēsignō litterās. Ea imprīmīs vocābula, quae saepissimē prōnūntiantur, docuī scrībere, ut nōmina rērum, Homō, Vir, Fēmina, Canis, Pānis; ut verba commūnia, Fac, Dīc, Dā mihi, Venī, Abī; ut prōnōminā, Ego, Tū, Nōs, Vōs, Hic, Ille, Sīc.—Prīmō quidnam vellem faceremve, parum intellegēbant; sed quum īdem sonus eādem cum litterā saepius audiēbātur, sentiēbam eōs excitārī. Gelavius prīmus ōrābat, ut sibi licēret rem iterāre. Dein incipit ā Mē, Tē, Sē; item Nōs, Vōs, Hī, Hōs, Sīc, Dīc; et postquam bis terque est ā mē ēdoctus, optimē perdidicit brevia vocābula tot, quot omnibus elementīs comprehendendīs sufficerent. Mox ego tōtam litterārum seriem, in parvā chartā cōnscrīptam, ipsī trādō. Gelavius sānē et

Totopillus, quī quae dīcerem intellegēbant, longē celerius ipsās discēbant litterās. Hōs amplius in diēs ēdocuī. Proximō diē Dominicō cēterīs ipsī praecipiēbant. Tandem furor discendī cūnctōs pervāsit magnus, quandō hōs vīdērunt et intellegere et prō magistrīs esse: sed multa nōn poterant legere, quī paucissima vocābula nōverant. Mox ā mē exquīrit Gelavius, ex quānam rē cōnficiātur charta. Ego dē papȳrō, dē līnō, dē gossypiō faciō certiōrem; explicō item dē membrānā sīve pergamēnā. Multa posteā folia grandiuscula ad mē reportat, siccat in sōle, premit, lēvigat; juncōs item aquā mācerātōs contundit, gummī miscet, explānat, chartās meās imitāns, sed parum rēs cessit: tandem ē praegrandibus palmae cujusdam foliīs satis bonam cēnset habērī chartam. Dīxī huic arundinēs ac pennās avium prō calamīs scrīptōriīs sufficere, prō ātrāmentō succum sēpiae; gummī addendum, sī liquor in chartā nimis difflueret. Ille cōnfirmat, numquam sibi dēfutūrum scrībendī īnstrūmentum, modo artem ipsam mente arripuerit. Jam ūnam quotīdiē hōram litterās eum doceō. Diē Dominī quaecumque nova vocābula cēterī didicerint, ea doceō scrībere; paulātimque, quum plūra intellegunt, quaedam dē religiōne incipiō inculcāre.

Cum Gelaviō līberius dē rēbus dīvīnīs loquēbar. Quidquid dē Deō Creātōre, dē lēge mōrālī atque officiīs, dē sānctō Deī jūdiciō, dē ejusdem in sānctōs grātiā dīcerem, id omne illī facile esse et quasi nātūrāle comperiō: etiam dē immortālitāte hūmānī animī (id quod mīrābar) jam crēdēbat. Sed quotiēs audērem dē Chrīstō, dē Mōse, dē Jūdaeīs nārrāre, ōtiōsus audiēbat, quasi quī mīrārētur quid haec ad sē attinērent: aliquandō fortiter contrā dīcēbat. Tandem diffīsus posse mē tantīs argūmentīs suam impertīre gravitātem, abstinuī, nē profundius mē dēmergerem.

Nōn absurdum erit nārrāre, quantum Pachus suā arte ferrāriā fēminās adjūverit. Erant ē meō īnstrūmentō acūs quaedam minōrēs, item majōrēs sarcināriae. Hās Pachus multum admīrātur. Minōrēs nequit imitārī, sed utriusque fōrmae plūrēs prōcūdit grandēs, quās exacuit politque satis pulchrē, oculīs rēctē pertūsīs. Ūnīcuique fēminae dōnō dat trēs fōrmae utriusque: hīs vestēs, tegetēs, strāgula cōnsuunt.

Gelavius identidem quaerit ex mē, numne paeniteat mē, quod plūrēs sumus: num velim ad trēs virōs rūrsum redigī: num sī prō octo octōgintā forēmus, id oportēret dolēre: num mālim paucōrum esse quam plūrimōrum rēgulus. Nesciēbam quōrsum haec intenderent: subesse quiddam mihi vidēbātur. Dēmum interrogō dīrēcta, anne cōnsultō tālia loquātur. Tum modestē ac candidē respondet: "Ō ere! tālis est hujus īnsulae jūcunditās, tālis omnium rērum cōpia atque commoditās, tālis tua ipsīus benevolentia, aequitās, sapientia; ut ego populārēs meōs vellem sānē multōs hīsce rēbus mēcum fruī. Nec dubitō fore ut illī velint eadem, sī modo licēret: tuum erit dīcere, sī id licēbit numquam." Haec quum respondēret, haesitāvī cōnsiliī incertus. Mox dīxī: "sānē suīs esse illum benevolum: ego quid velle, quid nōlle dēbērem, id mihi ipsī neutiquam liquere." Notāvī posteā cūnctōs, ultrā quod necesse erat, ampliāre cultūram. Id ipsum anteā fēcisse Totopillum memineram, tum quum hancce colōniam clam meditābantur: itaque crēdō omnēs eandem fovēre spem, quam indicāverat Gelavius. Hoc mē male habet, nē nimis adverser, nēve perīculōsum quidpiam grātificer. Iterum ē Gelaviō quaerō quot novōs colōnōs tūtō posse venīre crēdat, et quānam sub lēge: num tot modo quot in ūnā familiā nōbīscum aetātem possint dēgere.—Respondet, "semper sē crēdere, fore ut ego in patriam restituar: quippe, ubi ūna vēnerit nāvis, aliquandō tandem ventūram esse alteram. Tum sē suōsque, optimō dēfēnsōre orbōs, parvam manum pollentibus barbarīs relinquī: nam hōs quoque aliquandō ventūrōs, nec, nisi aut igneīs tēlīs aut majōre catervā, posse abigī. Tot ergā novās familiās, quot firmō sint praesidiō, esse optandās. Mīlle virōs nimis multōs nōn fore, sed quīnquāgintā contrā ējectāmenta maris sufficere." Interrogō, quid sibi velint maris ējectāmenta. Sīc ille explicat, ut dīcat, "virōs quī in scaphīs per cāsūs maris hūc advehantur invītī." Vīs ergō (inquam) quīnquāgintā importāre familiās? "Sī licēret, vellem," respondet. At Gelavī! (rūrsus ajō) id nōn per mē licēbit. Propter locōs, arborēs, antilopās, piscēs, avēs, nūlla nōn erit pugna atrōx. Nēmō mihi obtemperābit nēmō intelleget: ego inter prīmōs occīdar. "Āh, nē tālia fingās," (inquit): "nē metuās, ere! Prius certē ego moriar: sed nōn nōstī meam gentem." Dīc quōmodo (inquam). "Prīmum, ere! (respondet) hominēs sumus, nōn bēstiae; itaque et Deum et prīncipem venerāmur. Quisquis fortitūdine, prūdentiā, jūstitiā excellit, hunc extollere, decorāre, sequī amāmus. Tālis tū es vir, quī strēnuē ac jūstē regere callēs. Nostrōrum virōrum quot tē nōverint, tē prae nostrīs rēgulīs omnibus antepōnent. Dein, audī, quaesō, amplius. Summī nostrī rēgulī patruus est Cortops quīdam, optimus ille quidem vir, sed frātris fīlium sibi praepōnī aegrē fert, habetque factiōnem nōn parvam. Mītis est ac senior vir; fīliī autem ejus omnēs proeliō occubant. Is profectō tālem in īnsulam colōnōs dēdūcere vehementer cupiat: immō, id ipsum audīvī, ac crēdō. Jam sī hūc advenīret, ille et suōs cūnctōs facile regeret, et tibi obsequerētur officiōsissimē. Tum omnia illa dē locīs, arboribus, antilopīs, ex cōnsuētūdine nostrā ac sine pugnā ōrdinābuntur." Optimē causam dīcis, Ō Gelavī (respondeō) et callidē adūlāris; sed nimiā mē sōlicitūdine tōta haec rēs excruciāret: quārē amplius dē eā nē colloquāmur.

Nōs autem, ita ut dīxī, cursum nostrum tenēbāmus, nec paenitēbat mē meōrum subditōrum. Singula nārrāre dē tot hominibus, longum foret. Omnia quae egomet invēneram, paulātim discunt; sed Pachus novam rem repperit. Per Gelavium ā mē exquīsīverat, unde venīret ferrum. Dīxī, ē montibus effōdī, ejusque aspectum esse, tamquam in humum īnflūxisset, massāsque humī suā gravitāte implēvisset. Post aliquot diēs laetus renūntiat, ferrum ā sē in monte repertum. Ostendit marram, novō quōdam metallō crustātam. Explicant mihi, vīdisse eum, in ulteriōre altissimī illīus montis latēre, rīvulum quendam discolōrem, turbidum: marrā postquam concīverit, hanc concrēvisse crustam. Videō nōn ferream esse crustam illam, sed ahēneam. Respondeō, posse hoc multī esse ūsūs, quamquam nōn sit ferrum; amplius oportēre exāminārī. Posteā doceō tāle aes colligere et fabricāre, quotiēs ūsus vēnerit.

Hiems hujus regiōnis praeterierat. Calidior tempestās appropinquābat; quotīdiānī imbrēs augēscēbant. Diē quōdam Mārtiī solitō ācrius flābat ventus et continenter per noctem dūrāvit. Sub ipsum māne per tenuem pluviam ego cum Totopillō cocōrum sinum versus pergēbam, atque ā speculā meā videō lintrem terrae appropinquantem. Ēgrediuntur duo virī, ūna fēmina: tot modo inerant. Videō prōtinus pīrātās nōn esse hōs: virī dēfessī esse videntur, fēmina algēscere. Haec ubi ā ventō prōtegātur, vestibus contēctam collocant: ipsī vagantur, rāmōs aspectantēs, ut quī cibum anquīrunt. Pistolās mēcum habuī, sed nihil erat quod timērem. Rāmulō arboris raptim abscissō, hunc ēlātē gerēns, cum Totopillō dēscendī, ciēbamque eōs clāmōre: neque illī ā nōbīs fūgērunt. Jussī Totopillum colloquī, sī forte intellegerent. Is cito cōnfirmat, esse eōs Gelaviī populārēs, ventō abreptōs, jamque famē, labōre, frīgore ēnectōs. Nōluī, in portum admissīs, sēcrēta domūs aperīre: sed jussī eum dīcere, "cibum iīs missum īrī," et ipsum jūxtā manēre. Ego āctūtum redeō, tum Gelavium remittō cum cibō, uxōremque ejus cum spissīs siccīsque vestibus. Ipsī frūstrā cōnantur ignem fovēre. Fenis et Totopillus apud eōs morantur: Gelavius illicō ad mē redit: sīc jussī. Tum colloquimur.

Ego ajō: sī per ventum nōn poterunt ante noctem regredī, numquam regredī dēbēre, nē plūrēs posteā in nōs reportent, pervulgātō īnsulae arcānō.—Is laudat cōnsilium meum, modo possit fierī. Mox addit: velle sē quidem plūrēs īnsulae cīvēs; sed invītōs retinēre, nisi vinciās, fore lūbricum; nam posse aliquandō scapham meam fūrārī.—Id mē perculit, nec quidquam ultrā dīxī: tamen eundem illum in sinum hospitēs coercēre statuō. Fenis autem rediēns ait, sibi illam fēminam anteā nōtam esse, et vērō dīlēctam, atque ejus sē miserērī. Quandō refōtī sunt, tertiō diē dē reditū cōnsulitur. Erat sānē difficilis lintrī reditus, sī ventus eādem ex regiōne perstāret flāre, quamvīs clēmenter. Imperāvī ut nēmō retinēret eōs, nēmō abigeret, sed suīs relinquerentur cōnsiliīs. Multās nōbīs grātiās agunt, viāticō acceptō, ajuntque velle sē, ut prīmum possint, domum redīre. Quārtō demum diē ēvānuerant, sub noctem regressī.

Haec erant in mēnse Mārtiō, neque ego tunc suspicābar quō mē invītum dīvīna dūceret Prōvidentia: nam novōs colōnōs arcessere pertināciter nōluī, quamvīs timērem nē meīs forem inīquus: sed sollicitūdō ācris semper mē vetābat. Continuābantur mēnsēs, et nostra omnium opera. Praeteriēre suō in ōrdine geniālis pluvia ac foeda tempestās: tertium jam mihi redībat siccior aestātis pars. Nōs quidem in frūctibus colligendīs tum maximē fuimus occupātī. Ēn autem ipsō Sextīlī mēnse, dum cum Calefō et Totopillō per rūpem incēdō, ē saltū prōdeunt duo virī barbarī. Pistolā correptā, jubeō Totopillum eōs compellāre. Respondent, "amīcōs esse sē, et rēgem īnsulae amīcissimē petere." Jubeō, meī honōris causā, tēla in humum prōjicere: prōjiciunt. Tunc ut amīcōs salūtō, recipere tēla jubeō, et dīcere cūr, unde, vēnerint. Totopillus, parum facile, tamen interpretātur respōnsa. Senior autem ē duōbus illīs, mītis aspectū vir, quī ferē septuāgintā habēre vidēbātur annōs, in hunc modum loquitur. "Ego sum Cortops. Cum quīndecim lintribus veniō, octo et vīgintī familiīs, ut tuā veniā cum bonā pāce cōnsīdāmus hāc in īnsulā, tibi prō summō prīncipe obtemperātūrī. Cēterōs īnfrā relīquī, dum tua reportāmus jussa. Agrum autem ex tuā abundantiā ā tē ōrāmus." Quia dē rē inopīnātā illicō respondēre erat difficile, multum salvēre jussī; hic in saltū requiēsceret paulisper: honōris causā hōs duōs meōrum apud eum relinquī: mē celeriter cum servīs cibīsque reditūrum: tum nōs dē omnī hāc rē līberē collocūtūrōs. Itaque dēcessī sōlus. Prōditum mē crēdidī. Gelavius sine dubiō nūntium Cortopī per illōs virōs mīserat, quoniam mē obstinātum sēnsit. Tamen sī trīgintā virī armātī jam in terram expositī erant, per vim tēlōrum male resistō palam: arte et sollertiā est opus. Aut suādēre dēbeō ut prōtenus abeant, aut dēlīberāre quō tandem pactō minimō cum perīculō maneant, sīve ad tempus, sīve in perpetuum. Interim īrāscor Gelaviō et incipiō objūrgāre. Ille admīrāns, obnīxē ac simplicissimē negat quidquam nūntiī sē aut mīsisse aut missum velle; idque iterāvit tam ānxiē, ut nequīverim persistere. Jam hunc cum Pachō cibōs ac dōna aliquot relātūrum mittō. Ipse, rēgālia assūmēns, meminī Fenim fuisse fēminae illīus amīcam. Igitur, missā ad eam Larī, arcessō, et īrātā vōce interrogō, quidnam hospitī dīxerit. Illa, quamquam male loquerētur, tamen, quae dīcēbam, satis intellēxit. Effūsa in lacrimās respondet, sē, ab amīcā suā rogitātam, anne commodē sē hīc habēret, dīxisse; "Immō optimē: sānē sē esse beātissimam sub benignissimō ac jūstissimō prīncipe in jūcundissimā īnsulā." Tālia eam velle dīcere, sermōne quamvīs inconditō, intellēxī. "An nihil aliud dīxistī?" interrogō. "Sānē plūrima," inquit. Quid ergō? "At ego nesciō."—Nōnne tū nūntium ad Cortopem mīsistī, ut hūc venīret? "Certē nihil tāle audērem (inquit) neque ausa sum." Sed nēminem tū hūc invītāstī? "Ōh ere (respondet), invītāvī nēminem; tantum, ut crēdō, amīcae meae dīxī,—Vellem ipsam et quam plūrimōs meōrum sub optimō tē prīncipe esse beātōs, velut mēmet." Postquam experior nihil ultrā scīscitandō extorquērī, vultum compōnō: bonō animō eam esse jubeō: dein ēgredior. Incēdēns simul reputō. Sī rē vērā propter fāmam meī, nōn propter cupiditātem malam, tot virī veniunt; tum vērō, sī prōrsus eōs vēnisse nōlim, ipse mēmet objūrgāre dēbeō, quod nōn fuerim injūstior; neque adeō sunt timendī, quī ad imperāta perferenda festīnant. Meae mē laudēs fortasse ēmolliēbant: nūlla convincitur prōditiō. Tum illud surgit:— quattuor ope virōrum numquam hīc nāvem fabricābor: sī redīre ad patriam volō, per plūrēs id dēbet cōnficī. Quid sī nunc plūrēs Deus ipse ad mē mīsit? Egone illōs abigam, in aeternam mēmet redāctūrus barbariem? Reputāns tālia, cum aliō prōrsus animō ad Cortopem revertī, quī cibōs jam cōnfēcerat, et cane meō, propter offulās blandientī, sē oblectābat. Nūntiātur mihi, cūnctam ejus plēbem esse in portū hortōrum; sub arboribus ā calōre prōtegī: habēre sēcum maximum zēae atque orȳzae numerum, item maniōcārum; coria quoque comportāre et maximās vestēs, tegetēsque quae malignam imbrium vim possint arcēre: quadrāgintā duōs virōs puerōsve esse, septem et quīnquāgintā fēminās: Cortopis omnēs dictō oboedīre: ipsum Cortopem mihi profectō velle submittī, cōnstanter autem ā mē ōrāre sēdem idōneam.— Respōnsum fēcī plēnum benevolentiā. Pollicitus sum, illicō mē dēmissūrum, quī ligna secāret in focōs, atque alterum quī plūra cibō commoda distribueret, velut oleum, sāl, arōmata: tertium quī ōllās cācabōsque ferret. Interim mē dē sēde dandā meditātūrum.—Mox nōs redīmus cavernās versus, duo illī virī ad suōs. Quandō animadvertī auram extrā ōrdinem ā merīdiē continuārī modicam, melius cēnseō ut in scaphā Gelavius cum patre socerōque supellectilem ac cibum portet. Gelavius minōribus gemmīs fulgēns mē repraesentat. Hic lignum secat, illī prandium properant. Ego autem sub sēricā umbellā propter fastum ac calōrem tēctus, ad Caprīnum jugum dēflectō, atque, inde prōspectāns, novae colōniae dēcernō longam illam ōram subter jugō, cum prīmō sinū citrā Lūnātam Viam, sī eō quoque egērent. Sed ōra illa facile suffectūra erat. Postulō ut septimus quisque diēs prō fēstō habeātur; ut, quot possint, illō diē cōram mē veniant; ut Cortops quater in annō, ad minimum, mē venerātūrus adeat; ut mea lingua prō imperātōriā linguā aestimētur, quam cūnctī, ut prīmum possint, discant ēloquī. Hīs acceptīs lēgibus, proximō diē circumrēmigant, suamque capiunt sēdem.

Paulō post clārius dēnotō; quidquid sit illā in ōrā, Cortopis esse, sine ūllā exceptiōne. Quāslibet avēs, quōslibet piscēs, illā tantum in ōrā, prō suīs oportēre eum aestimāre. Sīn ultrā līneam altissimī jugī Caprīnī voluerit vēnārī aut frūctum terrae percipere, id mēcum amplius dēlīberandum. Sī quid in monte velit sēminārī, id līberum esse; et quidquid coluerit quispiam, id fore cultōris.—Hās quoque lēgēs comprobārunt: tum ego sollicitūdinem dēpōnēbam.

Mox ligōnēs, secūrēs, dolābrās plūrimās dēligō, item marrās aliquot et cultrōs mēnsālēs, quōs Cortopī dōnō dem, suae plēbī ad suum arbitrium distribuendōs. Cultrum, furcam et cochleāre, splendidiōre speciē, ipsī dēstinō Cortopī. Sacchrī aliquantum et oleī addō, item arōmata. Hās rēs ille cupidissimē ac multīs cum grātiīs accipit. Tum, nē gemmīs Gelavius praelūceat, monīlī pulchrius variātō exōrnō Cortopem. Posteā aliud quiddam mihi arrogō:—Sī hostēs hanc in īnsulam dēscendant, ut sub Cortope cūnctī imperāta mea perficiant, cōnferantque subsidia bellī.—Id quoque facile concēditur. Tum citrea atque aurea māla, cocōs nucēs ūvāsque siccātās, et cōnservātārum ananassārum ōllās ad Cortopem dēmittō.   132

Caput Trēdecimum

Jamque post violentam concitātiōnem rēs ad suōs cursūs rediēre. Sēdecim post diēbus aestās procellīs abrumpitur: piget mē quod cavernīs hospitēs carent. Ego autem dē meā linguā intrūdendā praesertim sollicitābar. Prīma mea colōnia et linguam nōn absurdē et litterās parcē didicerat: nunc meditor quō possim pactō eāsdem novae plēbī impertīre. Quandō cum Gelaviō colloquor, rogat ille, utrum velim eum assentīrī oboedienter, an loquī līberē. Līberē autem (inquam) loquī. Tum īnfit: "Nōs, ere, tua familia, tē et multum audīvimus et valdē amāmus: igitur in linguā litterīsque prōfēcimus melius. Tamen nimius fuit ille cōnātus, nec nisi propter tuī amōrem tolerābilis. Duās rēs ūnā postulās, utramque difficilem. Crēde mihi, longē praestat, ut dē linguā tuā paulum differātur. Nostram potius nōs linguam prīmum litterīs exprimere discāmus: posteā quidquid ē tuā didicerint linguā (et discent multa paulātim) cupient ipsī scrībere." Haec audiēns, quasi obstupuī. Quid? (inquam): tūne linguam barbaram vīs litterīs effingere, et quantum possīs, in perpetuum dēfīgere?—Ācriter respondet: "Nostrae tū, ere, nescius es linguae, quī barbaram vocās. Lingua est cōpiōsa, dēlicāta, subtīlis, tenerrima, sonō mollissima, ūsū gravissima: immō, quantum conjicere possim, tuā sānē praestantior." Quid ais? inquam. Ego nōn nōvī tuam linguam: rēctē dīcis. Sed cūr crēdis eam meae antecellere? "Ēn (ait) quandō tū Nōs dīcis, ego illud Nōs per quattuor vocābula interpretor. Nam aut *Ego ac tū* valet, aut *Ego atque ille,* aut *Ego ac vōs,* aut *Ego atque illī.* Hīc quattuor sunt, quae tua lingua in ūnum illud *Nōs* cōnfundit; nostra pulcherrimē

distinguit *Bini, Bili, Binir, Bilir.* Nōnne hanc rēctē dīcō magis hīc esse subtīlem, accūrātam, cōpiōsam?" Assentior. "Item *Vōs* (pergit dīcere) duās cōnfundit rēs; nam aut valet *Tū cum cēterīs quōs compellō,* aut *Tū cum quibusdam absentibus.* Hīc iterum nostrātēs duo habent vocābula, *Vinir, Dinir.* Jam tū dē *fronte contrahendā* loqueris; ūnam hanc ā tē didicī locūtiōnem: nōs quattuor habēmus verba simplicia. Nam frontem contrahō aut propter lūcem nimiam, aut meditābundus, aut cum maerōre, aut cum malitiā: nōs quadrifāriam dīcimus ac simpliciter." Perge ultrā, (inquam). "Deinde tū (inquit) dē *dēmittendō capite* loqueris: nōs septem vel amplius modīs hoc prōnūntiāmus. Nam caput dēmittō, prīmum ut hostīle tēlum vel rāmum arboris dēvītem: deinde, ut venerer aliquem; tum, ut acūtius prōspeculer; quārtō, ut assēnsum dēnotem; quīntō, propter pudōrem; sextō, per obstinātam contumāciam; septimō, in aquās dēscēnsūrus; item octāvō, saltāns. Ēn octo nostrātium vocābula, Metic, Rodic, Fiarilic, Duthic, Lianic, Shanfic, Madiric, Reutic."—Immō, Gelavī! (inquam interpellāns) linguam tū meam parum nōvistī: nam nōs *Annuere* adhibēmus, assēnsum capitis dēmissī dēnotantēs. "Vērissimē dīxistī illud, ere! (respondet). Nōn nōvī tuam linguam, neque umquam plēnē nōverō, nisi sī possem renāscī, et cum lacte mātris cārissimās vōcēs haurīre; nisi possem cum puerīs iterum collūdere, in vestrīs lūdīs litterāriīs discere; nisi possem in contiōne sapientium fervida captāre verba, atque in forō, ubi rēs vēnditis, multōs per mēnsēs nūndinārī. Nisi dē novō possem mātris, sorōris cāritātem discere, et suāvēs amōris susurrōs nunc prīmum tuā in linguā audīre, numquam sīc ego complectar eam, ut tū corde atque animō complecteris." Fateor; vehementiā ejus perculsus sum. Nihil tāle expectāveram: itaque reticuī. Tum addit,—"Ō ere, nōlī succēnsēre: sed ita sē rēs habet. Lingua tua nōbīs in meram mentem venit, quasi cum frīgidā lūce.

Nostra pectus tangit, animum ērigit. Ut tuam nōs, quantum possīmus, discāmus linguam, aequissimē postulās; sed nostram quae tenerrimīs nōs memoriīs perfundit, nōlī sīc surripere nōbīs, ut tuam mancē apprehendāmus, fortasse foedē lacerēmus."

Numquam anteā suspicātus eram, quam sua cuique gentī pretiōsa esset lingua. Post paulō fassus sum, male mē cōnsuluisse, Gelavium rēctē jūdicāre: itaque jubeō, sī possit, populārēs suōs ēdocēre, quō pactō ipsōrum linguam litterīs exprimant. Tum ille ā mē opem ōrat. Dīcit, meīs litterīs illōrum sonōs nōn omnīnō congruere; proptereā, sē haerēre. Equidem nōn modo Lusitānicē multa dē orthographiā (quam appellant) cōgitāveram; sed prius, quandō Maurūsiē discēbam loquī, omnia Eurōpaeīs cōnscrībēbam litterīs, mūtātīs additīsque aliquot fōrmīs. Igitur ferē centum audītīs perscrīptīsque vōcibus, tandem quum autumat omnēs linguae sonōs sē mihi prōnūntiāsse, facile eī tōtam seriem explicō. Hoc ubi plūrifāriam probāvit, crēdiditque rem cōnfectam, tōtum gregem nostrum ēdocet; illī alacriter arripiunt. Posteā, diē Dominī, quandō cēterī conveniunt, incipit hōrulam dare huic reī impertiendae. Ego autem illō diē contiōnor dē rēbus plūribus, quae possint mentēs stimulāre, excolere, firmāre. Illud laetus videō, nōn esse sēgnēs hōs barbarōs neque ventrī aut tēmētō dēditōs. Etenim vēlōcēs esse et armīs strēnuōs, id cūnctī prō pūblicō officiō aestimābant. Sed lūdōs sēdulō iīs commendō. Fēminae nostrae quotīdiē natābant, sed suō in grege: nōs virī jam dumtaxat extrā portum natāmus. Ego sīc jussī: namque ipsīs nōn interesse vidēbātur. At ego jam dēcernō, igneōrum tēlōrum ūsum Gelaviō ac Totopillō impertīre, quō tūtior fīam. Id summō cum gaudiō accipiunt, ut documentum fīdūciae meae. Pulveris nitrātī quia parcissimus fueram, aliquantum etiam restābat. Hoc reparārī posse dēspērāns, quidquid potest sine dispendiō pulveris docērī, ēdoceō, atque illī ācerrimē artem meam assequī cōnantur. Totopillus dē pulveris illīus compositiōne ācriter exquīrit. Carbōnem facile explicō; sed quid sit nitrum, quid sulfur, nequeō interpretārī; nec, propter immāne perīculum, vellem eum compōnendī experīmentīs sē objicere. Itaque hoc prō arcānō relinquitur. Hāc aestāte ego ac Pachus in pēnsilibus lectīs super rūpe dormīverāmus: cēterī trēs cum uxōribus mālunt in cavernīs manēre; neque ego prohibeō. Pachum prō comite mēcum assūmō.

Inter haec subita rēs iterum rotam meae vītae convertit, et dēmum mē parentibus, mihi patriam reddidit. Ante lūcem, tertiō ante Īdūs Decembrēs, bombus cannōnis mē expergēfacit. Iterātur ter quaterque. Agnōscō signum nāvis, quae opem in perīculō ōrat. Prīmā lūce per prōspeculum contemplor, videōque nāvem magnam, quae in arēnīs longē ā terrā haeret. Arbitror illās ipsās esse arēnās, ubi, quattuor ante annīs amplius, nostra nāvis sē impēgit, cōnfrēgitque mālōs. Attentius observāns, crēdō ūnum mālōrum esse cōnfractum. Mox vēxillum discernō: id erat Anglicum. Tum mīrō gaudiō, maerōre, spē afficior. Mare erat tranquillissimum: vix ūlla tum flābat aura. Aciē oculōrum contentā, per prōspeculum nihil videō mōtūs neque īnstantis perīculī. Tum illud succurrit: Quidnī possumus, plūribus connītentibus scaphīs, remulcīs nāvem ex arēnā dētrahere? Gelavium jubeō properāre ad Cortopem, et meō nōmine impēnsē rogāre, ut lintrēs suās cūnctās cum rēmigibus rōbustissimīsque remulcīs ad nāvem mitteret, atque ā mē dicta eōs accipere jubēret. Prōtenus ego cum Totopillō et Calefō Pachōque in scapham ingredior: nōs quattuor rēmigāmus, quoniam ventus deest. Cibum nōndum gustāverāmus, sed comportārī jussī quidquid esset in prōmptū. Prīmī ad nāvem pertingimus, mox Anglicā vōce exquīrō, ubinam sit praefectus nāvis. Illī mīrābundī, et laetantēs quamquam tantō in perīculō, eum ēvocant. Nārrat mihi, id quod ipse dispexeram. In lītus, nocte utique tranquillā, incurrerant, frēgerantque mālum anteriōrem. Etiam tum haerēbant, timēbantque nē surgente ventō obruerentur. Dīcō mē jussisse lintrēs rēmigēsque tractūrōs venīre, sī forte id opis esse posset. Tum certiōrem mē facit, fundum nāvis esse solidum, neque admīsisse aquam. Mox ā magistrō bolidem petiī, et ā scaphā meā tentābam aquās. Sex ulnae nāvī sufficiēbant. Meāns remeānsque in scaphā, submarīnī aggeris fīnem dīmidiō ferē hōrae satis comperī. Jam autem tredecim pervēnēre lintrēs. Magister mē docēbat, quot remulcīs esset opus: ipse affīgit, fūnēsque ex suō addit. Saburram trāmovet, partēs nāvis afflīctās levāns. Ejus dicta per mē et Gelavium trāduntur. Rēmīs incumbunt, gravius quam violentius prīmō. Remulcī tenduntur, strīdent. Exclāmat Gelavius: crēdō eum prohibuisse nimium intendī. Iterum; ter; quater incumbunt: dēmum nōn frūstrā esse videō. Mōtus quidem nāvis exiguus appāret, augēscit, continuātur: tandem clāmor gaudentium exoritur: nāvis vadō dētrahitur et prōtenus bene natat. Tum magister ā mē gubernātōrem petit, quī in tūtum aliquem locum nāvem dēdūcat, dōnec mālus erit resartus. Multum ille mīrātur, quum respondeō, "nēminī cēterōrum quidquam dē hōc marī esse nōtum, mē sōlum lītoris aliquam habēre nōtitiam." Rēmigibus per Gelavium indicō, spērāre mē rem rēctē prōcessūram: multās mē agere grātiās: sed parātī sint iterum adjuvāre, sī iterum sit opus. Interim aura diurna ā marī surrēxerat, et, vēlīs aliquot praetentīs, tardiusculē movēbātur nāvis. Ego in scaphā, profunditātem semper praetentāns, flūmen versus, in quod prīmam meam dīrēxī ratem, sēnsim dēdūcēbam. Sed quoniam tempus procellōsum longē aberat, suāsī ut ancoram extrā jaceret, deinde per suōs nautās explōrāret ōstium. Assēnsus est. Tum ego meōs virōs cum scaphā domum remittō, ipse in nāvī maneō colloquiī grātiā. Prōtenus magister quaerit, anne novum possit mālum apud nōs emere. Respondeō: "Immō, secāre. Esse plūrimās suprā arborēs, mālīs idōneās; quās succīsās posse facile in vallem dētrūdī, et, in rīpā flūminis dēdolātās, aquā vehī ad nāvem. In ōstiō flūminis tūtissimum esse portum vel furentibus procellīs, modo profunditās aquae nāvem admittat." Jam quaerit, anne cibōs praebēre possīmus. Id vērō prōmittō. Illicō jubet prandium omnibus appōnī līberius, nārratque parcius per plūrēs diēs comēdisse cūnctōs, quia metuerant inopiam. Ego vērō interrogō, quārē hās in regiōnēs vēnerint, utrum gnārī an invītī. Ille postquam quaedam imperāvit, seorsum ductum humilī mē vōce compellat. "Tū mē (inquit) valdē adjūvāstī; ergō līberē loquar. Mercēs ego Anglicās ā Bristoliā ad Jamaicam dēbēbam portāre. Propter vim ventī in Corragiam Hībernōrum cōnfugere sum coāctus." Ibi aliquot meōrum nautārum majōre mercēde mihi surripit alius quīdam nāvis magister. Tum aliōs ex necessitāte accēpī, quālēs ipse locus dabat, mercēnāriōs nautās, quōrum trēs erant valdē improbī. Multa mōlientēs, sēditiōnem serēbant et bonōrum pervertēre mentēs. Tandem coortī, in catēnās mē dedēre, quum maximē erāmus in Occidentālis Indiae marī. Quid dē mē facere voluerint, nesciō; sed cēterī nautae nihil gravius in mē cōnsulī patiēbantur. Oculōs Eurōpaeōrum fugientēs, inter barbarōs (ut opīnor) sē volēbant recondere, crēdēbantque sē posse dītēscere, dīvēnditīs meīs mercibus. Ūnā ex ōrā optimam aquae cōpiam assecūtī sunt, absentibus barbarīs; mox, ubi cibōs volēbant emere, ortō jūrgiō, duo ē nāvālibus sociīs occīsī sunt, quōrum ūnus callidissimus erat ē tribus illīs improbīs. Cēterī, quī cum scaphā erant, aegrē effūgēre. Duo illī, quī restābant ē pessimīs, hominēs imperītī, vī ac minīs ac cōnsuētūdine quādam nāvem regēbant, quamquam caelī ac maris et chartārum marīnārum ignārī. Cibōs iterum ac ter frūstrā quaesīvēre: propter inopiam alimentōrum cēterī murmurābant: dēmum proximā nocte sub aurōram in arēnās incurrimus. Tum vērō imperītiae hōrum hominum succēnsentēs, nautae eōs catēnīs vinciunt, mē līberant, ōrantque ut sontēs pūniam, cēterōs ā perīculō līberem. Ego statim cannōnēs opem ōrantēs personāre jussī: illud restat, ut sī possim, quod male factum est, resarciam. Jam autem, dīc mihi, (quod maximī est) quot gradūs terrestris longitūdinis hīc habeāmus. Paene rīsī, quum haec mē interrogāret. Respondeō: illum ā meō vestītū posse conjectāre, quantā in barbariē verser. Locī sānē lātitūdinem, stēllīs observātīs, cognōsse mē; longitūdinem (quam appellant mathēmaticī) prōrsus nescīre. Id tantum mē habēre cognitum, ad Occidentem nōs dēgere, ultrā ultimum Orinocōnis ōstium.—Ille ait, etiam hoc cognōsse, magnī referre. Mox interrogō, anne velit mē in patriam reportāre. Is cōnfirmat, maximō illud sibi gaudiō fore; nec grātiīs modo revectūrum; nam propter servātam nāvem magnum mihi ā sē suīsque dēbērī praemium. Tum jussī, dē hōc quod dīcēbam reticēre; jamque mē in suā scaphā ad terram vehere, ut dē cibīs comparandīs imperārem. Ūndēvīgintī virī in nāve erant: carnem recentem Anglīs crēdō fore libentibus. Totopillō dīcō, sī laqueīs porcillōs, leporēs avēsve possit capere, quam plūrimōs capiat, ac vīvōs. Pachum ac Calefum, trahā ac trahulā ēductā (illā duōbus jūmentīs, hāc ūnō) mēcum ad collēs Caprīnōs venīre jubeō; Larim Fenimque in calathōs plūrēs fiscellāsque compōnere dioscōreās, maniōcās, banānās, dactylōs, aliōsque frūctūs vel legūmina: Upim cāseōs prōmere quōs habēbat plūrimōs, et quidquid piscium sale condītum reservāverat,—sī id quoque nautīs ūsuī foret. Ōva gallīnācea mihi nōn erant: pullīs avibus parcendum dēcrēvī. Dēnique Gelavium ad Cortopem mittō, ōrāns ut sī quid aut zēae aut orӯzae possit sine suōrum dētrīmentō trādere, id meā grātiā nāvī convehendum praebeat.

Pachum ac Calefum jam summā in rūpe offendī opperientēs. Caprārum silvestrium agrōs versus īmus rēctā, usque eō ubi propter asperitātem saxōrum nūllā erat trahīs via. Tum Pachum jubeō quam occultissimē, mōre barbarōrum, pōne saxa īnserpere, dōnec gregem aliquem intrā tēlī conjectum videat. Ignipultās duās iīs trādideram portandās: ūna erat bituba mea. Ambās jam sufferciō. Ut Pachus recurrit, prōgredior cautē, etsī neutiquam fugācēs erant hae ferae. Ē duplice tubō bis maximā celeritāte jaculātus, duās antilopās occīdō. Tōtus grex aufugit; sed propter fōrmam locōrum nōn poterat extrā jactum extemplō ēvānēscere. Alterā ignipultā dē Calefō arreptā, tertium prōtenus dējiciō mortuum: is mās fuit, grandis ille quidem, quī restiterat hostem cōnspectūrus. Jūmenta nostra paxillīs dēstināverāmus: eō jam necesse erat praedam dēportāre. Calefus et Pachus, connīsī, satis aegrē humerīs suīs caprās, ūnam post alteram, dēferunt. Caprum antilopam videō nimium fore: quārē egomet, onerī submissus, adjuvō. Sīc per trium virōrum nīsūs hic quoque in trahulam compōnitur: dein prōtinus domum eōs remittō. Egomet lacum versus properō, ut ānserēs vel ferum olōrem reportem. Ipsam ad lacūs ōram numquam pertigeram: ibi nunc olōrēs videō maximōs. Anne piscēs comedant, anne carō sit bona, nesciō; crēdō tamen piscēs ē dulcī aquā nōn nocitūrōs gustuī. Itaque igne conjectō maximum ālitem, quī vix in margine erat aquae, occīdō; quem, quamquam canis nōn aderat, facile assequor. Hunc reportāvī humerīs meīs, incommodum sānē onus. Ad cavernās Cortopem offendō, quī collocūtūrus dē zēā et orȳzā vēnerat. Ā Pachō vult discere, quanta sit secundae spēs messis; item ā Totopillō quantam vim rādīcum esculentārum, aut ā nōbīs satam, aut genitam in vallibus, dēbeāmus exspectāre. Certior dē hīs rēbus factus, dēcrēvit et zēam et orȳzam praebēre satis līberāliter. Eum magnō cum honōre excipiō, ōrōque ut ad cēnam maneat.

Plūrēs rēs in mūseō nunc prīmum eī exhibeō. Inter haec pervēnit Totopillus cum nāvis magistrō. Magister breviter ait, Ōstium flūminis ā sē esse explōrātum; satis superque esse aquae profundae; crās cum aestū maris velle sē intrāre. Ē valle Totopillum in rūpe ā sē vīsum esse; (is dē cunīculīs ibi satagēbat:) sē cursum suum ad eum dīrēxisse, ut ad mē dūcerētur.—Totopillus sēcum habuit in sacculīs quattuor vīvōs, ūnum mortuum cunīculum; dein ego dēmōnstrō magistrō, quōs eī cibōs dēstinem. Is dē cēterīs rēbus multās agit grātiās; sed ūnum illum ait sufficere antilopam, duās fēminās nōlle. Nam tantam carnis vim corruptum īrī, nisi properē comedātur; nautīs autem quī decem per diēs parcius pāstī essent, īnsalūberrimum fore, sī multum subitō carnis habērent. Sed ego (ait) in rūpe mānsuētum vīdī gregem: quidnī possīs duōs trēsve haedōs cum pābulō vīvōs nāvī impōnere, quandō in eō erimus ut solvāmus?—Tum videō errāsse mē per properantiam: porrō mālus novus erat caedendus. Igitur respondeō: "Bene est: quidquid poterimus, faciēmus." Tamen dē meīs haedīs aegrē ferēbam: nam quidquid mihi cicur factum est, et ē meā manū pāscēbātur, id jugulāre dolēbat mē. Dē olōre oblītus eram facere mentiōnem: nunc sententiam mūtō. In Cortopem convertor, interprete Gelaviō. Multō cum honōre illum maximō ālite dōnō, item duābus mortuīs antilopis, ut suīs rēmigibus, sī sibi libeat, praebeat epulum. Addō, nōlle mē orȳzam ab ipsō ōrāre, nisi esset, unde supplērem. Is laetus accipit, pollicēturque lintrēs ad convehendum crās mittere.—Tum ā Totopillō quaerō, numve avēs porcillōsve cēperit. Nōndum ūllōs, respondet.—Igitur differās (ajō) hanc rem, dōnec resarciātur nāvis: nunc ex ūnō illō lepore cēnam apparā.—Id ille properat. Cōnfectā cēnā, Cortops ad suōs vult extemplō redīre. Ego cum magistrō trāns rūpem ambulō, ut arborēs mālō idōneās oculīs lūstret. Quattuor, quās dēnotat, crētā distinguō: hae erant in saltū meō. Dēscendēns ad flūmen quīntam animadvertī, ejusdem ferē magnitūdinis, quae pōpulī īnstar gerēbat. Hanc ut propiōrem commendō, atque ille comprobat. Tum ajō: "Fabrum tū nāvis tuae crās hūc mittitō: sī quid jūmentīs opus fuerit, ego per virōs meōs praebēbō."—"Ēheu! (respondet): faber meus cum īnsignissimō illō improbōrum fuit ā barbarīs occīsus: idque mē male habet, quod nēmō apud mē est, quī arborem in mālum dēdolāre calleat. Sed nisi inter vōs quispiam est fabrīlī arte exercitus, nautae meī, ut ut poterunt, caedent." Tum nārrō et mē et quōsdam ē meīs ex necessitāte multam reī fabrīlī dedisse operam; et posse nōs, sī velit, hanc rem aliquō tandem modō perficere. Id libēns audit: ait sē, mālō, quī frāctus sit, in rīpam expositō, alterum, ejusdem plānē mēnsūrae, imperātūrum mihi; pretiumque ejus, pecūniā aestimātum, in acceptī tabulam mihi relātūrum. Tum ego, quantum possum, spondeō: is ad suam scapham abit, in nāvem reditūrus; ego ad cavernās. Posterō diē sine ūllā difficultāte Pachus et Calefus arborem illam succīdunt et rāmōs amputant. Nāvis cum mātūtīnō aestū ōstium subit flūminis, mālumque illum cōnfrāctum in rīpam excutit. Ibi ego accūrātissimē omnēs ejus partēs mētior cōnscrībōque. Fabrīlia nāvis īnstrūmenta recognōscō: mōlem quandam cochleātam mūtuor et maximās cōnfībulās plūrēs; quoniam utrōque in fīne inter operandum dēbeat arbor firmiter dēstinārī. Dolābrās item et runcīnās inde sūmō, nē, sī nostrae in caedendō retundantur, absūmātur tempus. Ego quidem vidēbar plūs festīnāre quam magister; ināniter crēdō: sed spem redeundī oblātam tandem, mōra ūnīuscujusque diēī vidēbātur imminuere. Videō crās operam perfectum īrī: igitur Totopillum jubeō, quam mātūrrimē possit, testūdinem capere; mox pābulum haedīnum in nāvem congerere. Enimvērō crās, id est, tertiō diē, ut spērāvī, mālum perfēcimus. Vespere Gelavium ad Cortopem mittō, nūntiātūrum, mē gravissimā dē rē velle colloquī, quae cum plēbe suā dēbeat commūnicārī; quārē in ejus honōrem, nisi quid nōlit, ipsum mē ad eum māne ventūrum. Respondet, libentī fore.

Māne, rēgium vestītum gerēns, meā in scaphā, comitantibus Calefō, Pachō, Gelaviō, circumnāvigāvī ad Cortopem. Is mē multō cum honōre excipit. Tumulum quendam vel tribūnal ē caespite exstrūxerant, in quod mēcum ascendit, et in arundināceō quōdam pictō tapēte mē requiēscere jubet. Tum ad contiōnem suōrum verba facit,—crēdō ut mē iīs commendet: illī conclāmant plaudentēs. Assurgō et manibus gesticulor: nihil aliud poteram. Dein dēscendimus, et per Gelavium ōrō, ut Cortops mēcum et Calefō seorsum colloquātur. Jam mē aperiō, Calefō interprete. Ajō, mē omnibus īnsulae meae cīvibus summam optāre prōsperitātem: hanc ut affirmem, praecipuae mihi esse cūrae. Illum, quippe virum nōbilem, mītem, seniōrem et diū nōtum, quāsdam propter causās mē ipsō fortasse melius eōrum fortūnīs praesessūrum: quārē ūnā sub condiciōne esse mihi in animō, ut dē prīncipātū illī cēdam.—Prīmō nōn crēdit Calefum rēctē interpretārī. Bis terque interrogābat, et, ut iterārētur rēs, postulāvit. Igitur ego, rēgiīs gemmīs dē meō collō dētractīs, illīus super capite sustinēbam. Sēnsī hominem valdē movērī. Tum quaesīvit, quaenam foret illa ūna condiciō? Respondeō:—Quoniam illī nōn essent fīliī, postulāre mē, ut Gelavium prō suō fīliō et prīncipātūs successōre adoptāret; et postquam ego cōram contiōne Cortopem meīs rēgālibus exōrnāssem, is rūrsus Gelavium, prō suō fīliō ac successōre prōnūntiātum, rēgiō aliquō mōre pūblicē agnōsceret. Libentissimē hanc condiciōnem accēpit. Tunc adhibitīs in colloquium Pachō ac Gelaviō, retegō quid āctum sit. Pachus laetātur, Gelavius obstupēscēns lacrimātur, interrogatque, numne abeam. Prōtenus explicō; hanc nāvem meōrum esse populārium et ad meam redīre patriam: oportēre mē, patris senectūtem amanter fovēre; porrō hīc mē, sī maximē linguae Indicānae forem perītus, paucīs aliquot posse esse cārissimum, ūniversīs nōn posse esse acceptum grātumque prīncipem. Nōn mē paenitēre quod artem litterārum iīs per Gelavium trādiderim. Hanc sī excolant, fīliōs fore patribus, nepōtēs fīliīs usque sapientiōrēs. Sed opus meum hāc in īnsulā fīnītum esse.—Profundum subsequitur silentium. Post paulisper Cortopem rogō, numquid obstet, quōminus rem illicō perficiāmus. Ille, quasi ēvigilāns, vacuīs oculīs aliquid respondet. Interpretantur: "Nihil quod sciam." Tum Calefus in caespitem ēscendēns pauca prōclāmat, populum in contiōnem revocāns. Opperīmur, dōnec quam plūrimī reveniant. Tum Cortopis manum tenēns, cum eō iterum ēscendō, cūnctīs mīrantibus quid agātur. Prōtenus ego meō capite dētractam cristam Cortopis impōnō capitī, et monīle meum ē bullīs fulgentissimīs et versicolōribus collō ejusdem circumpōnō. Adstrepit plēbs gestiēns. Mox Pachus explicat, mē in honōrem Cortopis dē meō prīncipātū cēdere. Conclāmātur ab ūniversīs. Dēscendimus ego ac Pachus: Gelavium ēscendere jubeō. Rūrsus Cortops palam nūntiat, sē pūblicē Gelavium prō suō fīliō adoptāre, quem sē mortuō dēbeant prō prīncipe venerārī. Post haec dicta, ipsum illud monīle meum, suō collō dētractum, impōnit Gelaviō, quō manifēstior meīs sit oculīs ācta rēs. Applaudō. Tum Cortops Gelaviī collō manūs suās circumdat, et paternum eī ōsculum imprimit. Dein brevissimum aliquid prōclāmat, quod mox mihi explicant: "Ēn vōbīs fīlius meus!" Mox maximā cum acclāmātiōne discēditur. Ōrō Cortopem, ut propter mea summa negōtia, sī illī id nōn sit incommodum, ad meum portum secundō māne veniat. Mox multā cum caerimōniā dēcēdentēs, domum scaphā petīvimus. Haec quārtō erant diē, post nāvis adventum. Eōdem sānē diē novus ille mālus per duo jūmenta ad nāvem ā Totopillō dēductus est.

Caput Quārtumdecimum

Quīntō diē novus ille mālus suum in locum fīgitur. Ego autem quidquid volēbam asportāre, dēligēbam, compōnēbam,—laetāns, maerēns, gemēns, mīrē varius, et valdē taciturnus. Statuī autem mē ante quīntum fīnītum diem meās rēs omnēs cōnfectūrum: atque cōnfēcī. Sextō diē pervēnit Cortops, sīc ut rogāveram. Pulcherrimum eī gladiōrum meōrum, quī erat ē chalybe caeruleō, atque ūnam novāculam cum cōticulā suā coriaceā, dōnō dō; item optimam ignipultam aucupāriam: dīcōque, sī artem jaculandī velit discere, posse ā Gelaviō docērī. Mox furcillam mēnsālem et cochlear, quae argentea habēbam, ut rēgiī jūris, dētulī. Īnstrūmentum meum fabrīle ac coquīnārium omne eī exhibuī, jussīque, sī quid praesertim vellet, inde dēligere. Nihil ille nisi ferream crātem, sartāginem et duās secūrēs dēlēgit. Serrās dīxit sē cūnctās concupīscere; sed accipere,—id fore impudentis. Tum ego arrīdēns dīcō, quidquid cum Gelaviō relīquerim, ejus ūsum frūctumque penes Gelaviī patrem prīncipemque fore. Mox addidī, nescīre mē, quantī meam ille scapham aestimāret; Gelaviī et Totopillī operā fuisse exōrnātam; sed honōris causā, acciperet ā mē. Honōris (respondet) causā libentissimē sē accipere. Dēnique sēricam meam umbellam illī trādō, quoniam haec quoque rēgium quiddam habēre vidēbātur. Post prandium, ipsā in scaphā cum dōnīs meīs revertit, suam lintrem (pulchram illam quidem) concēdēns Gelaviō, sagittāsque Totopillō cum arcū splendidiōre. Equidem meīs omnibus sēdulō multa grātificābar, maribus ignipultās pistolāsque imprīmīs, honōris fortasse causā, item aliās rēs plūrēs; sed fēminīs quae darī oporteat, aliquantō difficilius statuēbam.

Rērum seriē abreptus, clādem cymbae omīsī nārrāre. Upis, praeter aliās operās, in piscibus colligendīs condiendīsque erat ūtilis. Solēbat in cymbā rētia mea ipsō in portū vīsere, inde piscēs reportāns. Haec mulier cum Larī item nova fēcit rētia, et vetera resarcīvit. Quōdam diē, quandō, rētī ēlātō, in eō erat ut piscēs extraheret, accipiter quīdam marīnus prō pisce certābat: id quod aliās ēvenīre nōveram; nam hominem hī ālitēs parum formīdābant. Ea surgēns, rēmō afflīxit ālitem; sed vī verberis oblīquē sē ē cymbā praecipitāvit. Forte plēnus tum maximē erat aestus, marī satis tumidō. Cymba, resorbente aestū, extrā asportātur, mox in scopulōs afflīgitur. Mulier ēnatāns facile terram attigit: cymbae nīl nisi tabulās quāsdam et ūnum rēmum recuperāvimus.

Totopillus, ut prīmum tempestās favet, trēs testūdinēs ope Gelaviī ac Pachī reportat. Hās cum plūrimīs cibīs vīvās ad nāvem ego cum Gelaviō, ipsīus in lintre, convehō: ibi cum magistrō colloquor. Polliceor vīvōs haedōs pusillōs quattuor: dēmōnstrōque, sī amplius vellet pābulī, nautās posse ē valle metere. Antennās, ait ille, mālī etiam dēesse; rogatque anne possim frāctī mālī antennās probē affīgere, cēterāsque rēs concinnāre: suōs enim nautās valdē esse inhabilēs, quōs ē Corrhagiā dūxisset. Crēdō posse mē operam cōnficere; sed Dominicus diēs accēdēbat. Nē post discessum meum prōrsus negligerētur ille diēs, comperendināvī rem. "Diē Lūnārī (dīxī), sī poterō, perficiam; tum tū diē Mārtis nāvem fortasse solvēs." Sē fore praestō, ait, sī ventus faveat.

Tum seorsum magistrō dīcō; quoniam fabrum nōn habeat, quidnī mē prō fabrō suō rediēns accipiat? Rīdet prīmō incrēdulus; sed quandō mē sērium videt, respondet, "Sit sānē, ut vīs. Sī opera tua fabrīlis nāvī suffēcerit, plēnam fabrī mercēdem ā sociīs meīs domī accipiēs. Servātae nāvis praemium tibi erit integrum. Prō cibīs quōs praebēs, pecūniam nōn numerābō quidem nunc, sed aestimābō." Tum quālēs habeat mercēs, interrogō. Ait sē ad Jamaicam portāre agricolendī īnstrūmentum, item vīlia servōrum vestīmenta, et quidquid colōniae sit idōneum. Num serrās habeat, num pālās, rogō. Maximē, ait. Tum ego decem serrās, decem pālās, quadrāgintā cultellōs plicātilēs, quadrāgintā vestēs ē gossypiō, et longī gossypiī quattuor fascēs, emō; novum dōnum Cortopī. Sīc propter orȳzam spērō ejus plēbī satis repēnsum īrī. Mox varia cōnficiō fēminīs nostrīs mūnuscula, aliqua virīs meīs, quae referre taedet: longē plūra sānē Gelaviō cōnferō, inter quae duo pōnō dōlia pulveris nitrātī, quattuor missilis plumbī sacculōs. Hās rēs omnēs magister contrā mē in tabulam impēnsī refert, pollicēturque in cavernās meās dēportāre. Crās, quī diēs erat Dominī, plūrimī convēnēre, ut mē ultimum salūtārent. Multa dīxī benignē, sed moribundī hominis animum gerēbam. Multīs Gelavium monuī, ut quantum posset, nōn hīs tantum virīs, sed posterīs prōspiceret; nempe, sī seniōrum cōnsiliō dē agrīs colendīs, dē ūsūfrūctū agrōrum ac maris, dē aedibus condendīs, dē māteriē saxī caementīque fruendā, lēgēs aequās firmāsque prōmulgāret. Dē tālibus rēbus prout lēgēs bonae exercentur, ita (dīxī) cīvitātis cujusque viget polletque status. Sī dē hīs quae Deus dōnāvit mortālibus aequē jūstēque inter hominēs statūtum sit, tum fore ut singulōrum industria vigeat, ūniversōrum cōpiae abundent; neque umquam ūberrimā in īnsulā dēfore prīncipī tūtāmenta majestātis, sī usque ad humillimum quemque cīvem dēscenderit prīncipis aequitās.—Ille mea verba quasi haurit atque recondit, rārō respondēns aut paucissima. Tandem ait (ignōscat mihi lēctor, quod referō,) "Ō ere, numquam ego voluī rēgnāre; sed sī anteā nescīrem, in tē didicī quaenam essent rēgnātōris elementa." Posteā dīxī: "Nae tū, quidquid ēvēnerit, id agās, ut numquam hāc in īnsulā duo sint inter sē līberī prīncipēs. Sī ad tempus id dēvītārī nequībit, at tū per foedus facitō ut fīliī vestrī ac fīliī omnium quī in eādem hāc erunt īnsulā, eōdem summō prīncipe ūtantur. Quam mītēs sītis inter vōs, tū optimē nōveris. Quam atrōx fūnestumque possit esse bellum, ego videō, quattuor illōs fortēsque requīrēns Cortopis fīliōs. Tū in frātris jam locō es ergā Totopillum; cūr, quaesō, ācerrimī quondam crūdēlissimīque fuistis hostēs?" Lacrimā obortā, "Tū conciliāstī," inquit. Dē sē nihil prōmittēbat.

Diē Lūnārī antennās resarcīvimus: tum fūnēs nautae ipsī ōrdinābant. Magister queritur, inter frūctūs nōn fuisse līmōnās, dē quā rē illicō imperābam. Mox Totopillus octo avēs vīvās dētulit, quīnque mortuās; ex hīs trēs grandēs erant; ōtidēs esse crēdidī. Dīxit habēre sē porcillōs quoque, crās fortasse alia dēlātūrum. Ego ūnam acum polārem, ūnum pār pistolārum, bitubam meam, alteramque aucupāriam mēcum eram āvectūrus; item quidquid proprium fuit Brazīlicī magistrī. Quidquid nēminī datum relinquerem, id omne prōnūntiō Gelaviī esse. Hunc porrō rogāvī, ut in mātris meae honōrem cocum illam in portū rigāret fovēretque.

Summō māne experrēctī, maximā cum exspectātiōne multī mortālēs discurrimus. Totopillus mātūrē porcillōs vīvōs trēs dētulit, novamque avium cōpiam, inter quās columbī erant ē meīs vīvī. Sērius Fenis, Laris, Pachus fiscellam līmōnum suō quisque in capite dēportat. Mox ā Cortope nūntius rēmigum operam pollicētur, sīquā forte opus sit. Sed propter ventum adversissimum et cautēs vadōsī maris parum nōtās, magister honōrificō respōnsō negat sē audēre hodiē ēgredī: id quod multum doleō. Nam suspēnsīs intentīsque animīs maestissimum est sēgnitia: item, parātīs rēbus omnibus, quid nōbīs nisi sēgnitia restat? Proptereā, prōcēdente diē, juvābat mē quod magister, plūrima interrogandō, multum ā mē sermōnem ēlicuit. Praecipuē mīrābātur, quō tandem fātō ego, Anglus homō, inter Lūsitānōs Brazīliēnsēs ineunte adolēscentiā fuerim colōnus, ubi ipsa religiō dēterret Anglōs. Ubi Gelavius quoque ōrāvit, ut tōtam hanc rem plēnius explicārem, in plēnā nautārum contiōne hanc tandem in modum locūtus sum. Ego, in nāve Anglicā ad Guineam nāvigāns, ā Maurō pīrātā captus sum cum sociīs nostrīs nāvālibus. Is mē quattuor ferē annōs prō servulō labōrāre coēgit. Tandem fēlīcī audāciā aufūgī, in phasēlō erī vēlōcissimō, ūnum puerum Maurum simul asportāns. Ipsō in Ōceanō nāve Lūsitānā exceptī sumus atque ad Brazīliam dēvectī. Magister negat sē prō naulō quidquam ā fugitīvō Chrīstiānō acceptūrum: prō phasēlō et rēbus omnibus quās asportāvī, ipse pollicētur pretium. Dēnique ab hōc virō līberālī, postquam in Omnium Sānctōrum Sinū ancoram jacimus, persolūta mihi est summa ducentārum vīgintī minārum Lūsitānārum. Hoc caput mihi erat pecūniae, in Brazīliam expositō. Fatendum autem est mē clam patre nāvigāsse; nōluisse mē idcircō sīc revertī in patriam, ut parentis opēs iners cōnsūmerem. Illa sānē regiō, immēnsa agrōrum, profunda saltibus, vacua virōrum, advenās libentissimē excipit: nec diū exspectō, antequam apud colōnum quendam in agricultūram adhibear. Prīmō quidem propter linguam ignōtam parum eram ūtilis. Poteram sānē colentibus astāre, observāre, sēgnitiam cohibēre, et modicā quādam operā cibum tēctumque merērī, ut nē ex meō impendērem. Interim per eundem nāvis magistrum trānsigēbam, ut ex Angliā pecūniae quaedam meae ad mē mitterentur. Is nempe, Olisīpōnem reditūrus, crēdēbat sē illīc posse id prōcūrāre, sī ego litterās sibi ad meārum pecūniārum sequestrem cōnfīderem; id quod libenter fēcī. (At fēmina habēbat nummōs meōs, vidua magistrī nāvis, prīmī meī atque optimī patrōnī.) Posteā autem vir benignus, rē meā tamquam suā ipsīus accūrātius perpēnsā, ait nummīs nēquāquam opus esse; sed caput pecūniae, postquam dē summā certior venīret ab Angliā nūntius, Lūsitānā merce mūtandum, quālis praesertim Brazīliae esset idōnea. Posse mē post aliquod tempus Olisīpōnem ad sē scrībere, sīquid potissimum vellem: sīn minus, tum quaecumque sibi vidērentur, reportātūrum. Grātiās sānē ēgī, litterāsque ad amīcam viduam composuī, in quibus omnia, quae contigerant, strictim nārrābantur. Ea, postquam redditae sunt hae litterae, laeta effugiō meō, propter marītī suī memoriam Lūsitānum magistrum ex suō līberāliter dōnat, simul parentibus meīs cūncta impertit. Comperīre nōn potuī, crēdō tamen, meās apud illam pecūniās ā patre cōnfestim auctās esse; nam merx quam dēmum accēpī, aliquantō plūs erat quam quod aut exspectāveram aut potuī explicāre. Sed redeō unde dēflexī. Colōnus ille (Araūjō eī erat nōmen) cujus in operis eram, agrī dītior erat quam pecūniae, nec potuit nātūrālī agrōrum ūbertāte ita fruī ut dēbēbat. Ager per servōs colitur. Atquī ille neque tot servōs, quot opus erant, habēbat, neque īnstrūmentum satis amplum, sī, propāgātā cultūrā, reditūs ac commercia opperīrētur. Ut industrium mē prīmō esse vīdit, agrīque colendī haud ignārum; mox, intellēxit nummōrum mē aliquantum manū tenēre, aliās exspectāre ab Angliā pecūniās: sēnsī eum familiārius mē compellāre, tum saepius astāre, velle colloquī, ad mēnsam interdum adhibēre. Mox puerīs uxōrīque mē commendat. Garriō cum puerīs, rūrī comes fīō; lūdum quasi gladiātōrium faciō,—nōn cum ipsō gladiō, nam virga prō tēlō erat,—dum doceō quōmodo Anglus nauta, quōmodo Maurus, feriat, arceat. Quae omnia nōn modo animum meum inter peregrīnōs valdē sōlābantur, sed propter linguae quoque ūsum prōderant. Lusitānicē loquī ex puerīs discō, cum patre sermōnēs ipsīus dē rē habeō artiōrēs. Tandem is sē aperit. Benignē dē mē quaedam praefātus, ait,—Sī socium haud pauperem habēret, ambōbus lautius fore quam nunc sibi sōlī: tantam esse agrī ūbertātem, caelī tepōrem, aquārum abundantiam. Mē, sī in haereticā religiōne persistam, agrōs meō nōmine nōn posse in Brazīliā tenēre. Sānē sē velle, concordēs forent omnēs Chrīstiānī: sīn autem id fierī nōn possit, tum—idōneā factā syngraphā, quīn pecūniās in fundō ejus collocem, amplōsque reditūs fēnore accipiam?

Ubi cibus abundat et jūcunda āeris temperiēs facilī operā corpus fovet, ibi (opīnor) animī ad līberālitātem, apud nōs ad avāritiam, sunt prōpēnsiōrēs. Itaque colōnī illī sunt haud rārō sēgnēs, negligentēs, prōdigī; profectō nōn sunt illīberālēs. Quārē, quae in medium prōferēbat, cōmiter excutiēbam; neque abhorrēbam ā virō, vultū mōribusque jūxtā benignō. Illud quoque cōnsīderābam; Lūsitāniam Angliae artiōre quōdam vinculō astringī, ex quō tempore formīdanda illa, ingēns potentiae Hispānia, nostra dīrissima atque implācābilis hostis, ē possessiōne Lūsitāniae est exturbāta: quō tūtiōrēs mihi fore pecūniās, apud cīvem Lūsitānum collocātās. Dēnique cōnsēnsī; scrīptīsque litterīs, quās mercēs ille dēsīderābat potissimum, hās ego Olisīpōne reportandās ad mē rogāvī. Pecūniās propter praesentēs ūsūs illicō poteram ex arcā meā cōnferre. Pacīscitur porrō, ut ego operās agrestēs cūrem regamque, ille praestet mihi ex ipsō fundō cibum, servōs, equōs, cūncta quae maximī sunt: cētera ex praesentī pecūniā atque ex annuō fēnore facile solvō. Mīranda sānē est illā in regiōne arborum atque fruticum tum cōpia, tum prōcēritās. Plūrimārum nōmina arduum est dīcere: immō, prōrsus populīs Eurōpaeīs sunt incognita. Celebris est ibi mandioca ēsculenta, item milium atque zēa Indica, item banāna, et orȳza satīva. Atquī ego, quī plūrima terrā nāscentiā apud Maurōs didiceram, tamen longē plūra hīc prīmō ignōta invēnī. Noster quidem fundus saccharum praecipuē et tabācum gignēbat. Rādīcēs ēsculentās, olera, cereālia, ipsī in suīs agellīs servī ēducant, erōque praestant ūnus quisque aliquantum.

Ille sēmina quaedam, īnstrūmenta, vestīmenta, tēcta domōrum cōnfert; cūncta administrat, dēfendit, rēgia vectīgālia persolvit. Per biennium plūrima circā fundum erant novanda. Plūs aliquandō excolēbantur agrī. Saepēs, viae, portulae erant cōnficiendae: tum casulae novae, pluteī. Distribuendum īnstrūmentum, cultūra regenda, multa novē docenda. Irrigātiōne nōn opus erat; dumtaxat propter orȳzam quibusdam in agellīs cohibēbantur rīvulī dēcurrentēs. Tertiō itidem annō multā opus erat alacritāte et perpēnsātiōne dīligentissimā, ut ad amussim jūdicārem quid sapienter, quid stultē impēnsum; quae retinendae ratiōnēs, quae mūtandae forent. Necnōn, ipsōrum servōrum ingeniīs jam melius perspectīs, ad suās quemque cūrās frūctuōsius poteram dispōnere. Tantummodo nōn satis habēbāmus virōrum in operīs, quamquam vernulae quotannīs nāscēbantur, et post aliquot annōs vidēbantur suffectūrī. Attamen quārtō jam annō affluēbant opēs, servulī continuam officiōrum rotam persequēbantur. Socius (sīve collēga) ille meus Araūjō, vetus negōtiandī, externās fundī nostrī rēs dīligenter administrābat. Ego vērō quasi bracchiīs replicātīs poteram dītēscere, nisi quod propter novam hanc sēgnitiam tum maximē fundī, regiōnis, hominum, meīque ipsīus taedēbat mē.

Dēbēbam fortasse uxōrem dūcere, sed religiō locī impediēbat: nōn quod ego Anglicī cultūs tenāx fuerim atque ostentātor; nam extrā, vix dīversus ā cēterīs vidēbar. Sciēbam autem, ut prīmum mātrimōnium contemplārer, extemplō sacerdōtēs dē meā religiōne fore cūriōsissimōs; dein artās connūbiī lēgēs postulātūrōs, quibus neque uxor sit mea ipsīus, neque līberī neque domus neque servī; sed sacerdōs suā sponte intret, cognōscat, ōrdinet, imperitet; cūnctōs, sī libitum fuerit, contrā mē cohortētur. Id vērō nōn erat ferendum. Itaque sōlus manēbam, sōlum mē fovēbam, oblectābam: mox, mē ipsum perōsus, inquiētō agitābar animō.

Ita affectō subita supervenit vītae conversiō, quam satis mīrārī nōn possum. Collēga ille sīve magister meus sēdulō mē ad sē vocat; ait, gravī dē rē velle sē colloquī; aurēs benignās et patientēs sē ōrāre. Ego, mīrābundus quid sit, respondeō, esse mihi ōtiī satis superque, et perlibenter mē auscultātūrum. Tum īnfit: Opulentiōrem sē per mē in diēs fierī. Quidquid dīcat, nē sē putem ingrātum, nēve velle ab sē mē āmōtum. Multa mē fundō suō optimē fēcisse, ūnum nōn potuisse facere, ut plūrēs essent servulī. Id sī fieret, multō etiam perfectius lātiusque excolī posse agrōs. Operam meam per triennium ūtilem fuisse, immō necessāriam; jam ipsam per sē quasi cōnfectam: sīc enim mē rēs administrāsse, ut nōn jam indigērent meī. Nunc sī sibi suīsque familiāribus cōnsultum velim, in eō rēs esse ut valdē possim adjuvāre. Hic pausam fēcit: ego autem exspectāns etiam tacuī. Tum dē novō incipit: Audīsse sē ex mē, nāvigāsse mē ad Guineam commerciī caussā. Sī iterum vellem eōdem proficīscī, sibi amīcīsque grātum fore, mihi ipsī fortasse nōn malum. Etenim plūrēs notāsse, mē, quī anteā hilaris strēnuusque fuissem, nūper taciturnum ēvāsisse, maestum, languidum. Fortasse propter valētūdinem mūtandum āera. Excursiōnem maritimam corporī mentīque fore salūbrem. Interrogantī mihi, Quid autem ego tibi tuīsque circā Guineam sum prōfutūrus? respondet: Imprīmīs tū ratiōnem hujus commerciī atque idōneās mercēs intellegis, quās hinc oporteat exportāre: tum, (quod est māxumum) servōs nigrītās, quōs volumus coemere, tū clēmenter regēs, sānōs dēportābis. Līberē tēcum dē tē loquar. Difficile est virum bonā familiā, hūmānē īnstitūtum, benevolum, veterem reī maritimae, strēnuum negotiandō, regendī capācem reperīre, quī servitia vēnālia conquīrat. Atquī vel maximē tālī virō hīc est opus. Tū hominēs barbarōs benignē excipiēs, dēmulcēbis, ad obsequium dūcēs lēniter: aliī efferōs, contumācēs, trīstēs, vel languidōs, morbōsōs, sēmimortuōs important. Nōs tē volumus sine tuō impendiō īre. Manicipiā dē nostrō coemēs: dēportāta inter nōs dīvidēmus; tū parem nōbīs habēbis sortem. Porrō, quod nunc tibi propter operam tuam agrestem attribuō, id omne, pecūniā aestimātum, quamdiū in nāve sīs, solvam. Nesciō an laus meī mē nōnnihil oblectāverit: cēterum respondeō, admīrāns sī per rēgium praefectum tālis expedītiō licēret: nam rēx jūs servitiōrum vēnditandōrum paucīs quibusdam propter magnam pecūniam concēdit. At ille: "Nihil nōs contrā rēgis ēdicta sumus factūrī. Palam nōn licet vēnditāre, at nōs prōrsus nōn vēndēmus. Et vērō, quō certius rēs sē habeat, mūneribus quibusdam sagāciter distribūtīs efficiāmus ut nē nimia dē nāvis onere sit investīgātiō. Accēdit quod sacerdōtēs tāle inceptum vehementer comprobant. Barbarōs hominēs, quōrum vīta (lībera sit, an servīlis) saeva est, impia, foeda,—hōs in mānsuētum servitium sub benignitāte Chrīstiānā trādere, vērae ajunt esse pietātis. Jam nāvis parāta est; merx, quālem tū jubēbis, cito parābitur."

Neque valdē placēbat mihi neque displicēbat haec expedītiō. Haud amplius juvenālī ārdōre in maria irruēbam, et tamen amābam mare atque ipsam operum commūtātiōnem. Condiciōnēs vīdī aequās esse, rem lucrōsam, neque amīcōs hominēs rejicere facile fuit. Rē ponderātā, dēmum cōnsēnsī. Tum quasi intermortuus, sōlemnī testāmentō omnia conclūdō. Benignum illum nāvis magistrum, quī mē ex marī servāverat, hēredem īnstituō ex sēmisse. Alterum sēmissem reī meae ad Angliam remittendum dēstinō, cōnscrībōque singillātim, quid opus factō sit. Sānē, sī, ut in testāmentō fuī prōvidus, sīc in vītā dīrigendā fuissem sagāx, numquam tantās aerumnās exsul ab hominis genere forem perpessus.

Jamque parātīs rēbus omnibus, solvimus ā portū ipsīs Nōnīs, Augustō mēnse. Prīmō ad septemtriōnēs nāvigāvimus, paene lītus Americae nostrae legentēs, tempestāte bonā, dumtaxat vehementer calidā, dōnec ad prōmontorium Augustīniānum dēvēnimus. Inde ad Aquilōnēs versus, tamquam ad īnsulam Ferdinandī Nerōniānī dīrēximus cursum, citoque terram condidimus. Duodecimō diē turbō ventōrum ex Austrō conversus dētorquētur in Eurum, inde in Aquilōnem, violentiā semper augēscēns. Nōs, multum contrā luctātī, necessāriō tempestāte dēferimur. Ē sodāliciō ūnus vir febre victus dēcessit: mox nauta ac puer, superscandente flūctū, asportantur. Ut potuit magister, paulum dēcrēscente ventō, caelum observāre, crēdidit nōs prope Septentriōnāle continentis lītus, circā Orinocōnis ōstia, dēvectōs. Nāvem negat Atlanticum mare trājiciendī jam esse compotem: igitur mē in cōnsilium adhibitō, rēctā domum redeundum cēnset. Id vērō vehementer nōlō; īnspectōque marī in chartīs dēscrīptō, suādeō ut Barbādam petat, vītātō aestūs dēcursū, quī sinum Mēxicānum invehitur. Ille cōnsēnsit nē redeat, clāvumque ita flectit, ut quī in aliquō Anglārum Antillium portū cupiat nāvem reficere. Hāc spē adductus, iterum nōs in altum committit: attamen novae procellae īnfortūnātam nāvem excipiunt. Dēnique, nē longus sim, multum reluctātī, in hās ipsās arēnās dēpellimur, ubi vestra nāvis afflīcta est. Sed nōs, scaphā cōnantēs effugere, salō maris obrutī sumus, unde ego sōlus ēvāsī vīvus. Cēterum nāvis ad plēnilūnium dūrāvit incolumis, et praebuit mihi, nōn vīctum modo, sed paene īnsulae hujus imperium.

Tālia ubi dīxeram, multa inter sē colloquuntur, atque alia interrogant, quibus Gelavium respondēre jubeō: sīc variō sermōne fīnītus est diēs. Nocte mūtātur ventus. Prīmā lūce magister mihi aperit, rēmigēs nunc posse multum adjuvāre; dē quō prōtinus nūntium mīsī. Hōrā ante merīdiem decem cum ipsō Cortope vēnēre. Meī quoque omnēs congregābantur, inter quōs (ignōscat lēctor!) canem paene lacrimāns aspiciō. Hunc, illīs tam ūtilem, asportāre nōluī: illud dolēbam, quod fēminam canem nōn potuī simul dare, nē ipsum genus perīret. Mox solvunt ancoram. Movētur nāvis cum aestū, remulcī applicantur, flūmen dēscendimus. Vōcibus, vultū, gestū, plēnīs cāritāte, plēnīs item magnō maerōre, discēdimus. Ad caelum surgit cor meum, quaeritantis ecquandō eccubi hōsce tam fidēlēs, tam bonōs iterum conveniam. Gelavium oculī meī anquīrunt frūstrā: fortasse propter dolōrem sē occultābat. Ā terrā jam recēdēns, ēgregiam īnsulae pulchritūdinem admīror. Numquam sānē algae, fruticēta, praegrandēs arborēs, palmēta, collēs, aqua purpurea, caelum clārissimum, tam digna mihi anteā vīsa sunt Paradīsō. Sīc rēmigēs nōs trahunt, quamdiū magistrō id tūtius vidērētur. Ut prīmum in altō sumus et rīte concinnantur vēla, magister mihi significat ut dīmittam lintrēs. Tum videō Gelavium, locō Cortopis, iīs esse praefectum. Is properē nāvem scandit, genua mea complectitur; et anteā quam verba possim illō mōmentō digna fingere, recesserat, ēvāserat. Extemplō inter lintrēs ac nāvem magnum exstitit intervāllum. Dēscendō in cellam meam, animum variīs mōtibus distractum, pietāte, sī possim recollēctūrus.

Ad Caurum, quantum sineret ventus, semper contendēbāmus. Postquam quadrāgintā ferē mīllia cursūs fēcimus, nāvis Eurōpaea appāret; mercātōria nāvis, ut crēdimus. Eam versus rēctā tendēns, magister cannōnēs opem precantēs personārī jubet. Mox per prōspeculā vēxillum vidēmus Anglicum. "Forsitan (inquit magister) illā citius in nāve quam in meā patriam attingās." Id mē dubitātiōne conturbat. Posteā ajō, sī maximē illa nāvis rēctā ad Angliam properet, praestat praemonēre parentēs, vīvere mē ac venīre. Dein meminī, quoniam prō fabrō operam locāssem meam, aequius esse, ut nē, nisi coāctus, pactum abrumperem; et quidquid reī pecūniāriae inter mē et magistrum pendēret, id benignius ā sociīs ejus aestimātum īrī, sī tunc nāvī adhaerērem. Igitur properē litterās cōnscrībō, quae ad patrem meum trāderentur, sī forte nāvis illa perferret. Quandō convenīmus, magister noster quaerit ab iīs, quānam in longitūdine terrestrī versēmur. Illī cōnfestim et longitūdinem et lātitūdinem nōbīs prōnūntiant; ajunt porrō Angliam sē dīrēctā petere. Magister meās aliāsque ā sē litterās iīs trādit; mox inter utrōsque discēditur. Jamaicam sine noxā attigimus: hīc fīnis mihi erat vagandī. Dīvēnditā merce atque aliā merce assūmptā, iterum solvimus, et minus quīnquāgintā diēbus in Bristoliae portū recondimur. Inde epistolam ad patrem scrībō, et tenerrimō respōnsō exhilaror. Trānsāctīs festīnanter negotiīs, aliās litterās ad Brazīliam compōnō. Quidquid dē meā rē ex meō testāmentō fēcisset optimus et amīcissimus meus hērēs, crēdēns mē mortuum, id omne cōnfirmō. Quidquid ex rē nāvis magistrī illīus, quī in naufragiō periit, apud mē teneō,—hōrologia, aurum Hispānum, aliaque,—haec et sī cujus alīus reī pretium excēperim, spondeō reparāre. Omnēs ibi amīcōs salvēre jubeō. Tum properō ad parentēs, portāns mēcum documenta illa fidēlium ministrōrum, rēgiam tegetem dorsuālem, praecīnctōrium, calceāmenta, item clāvam bellicam virī occīsī. Nec diū est, quum Eborācī ad cārissimōrum ac diū neglēctōrum pertingō sinum, senectūtī patris mātrisque tenerā pietāte opitulātūrus.

Lexicon

acus sarcināria, acūs sarcināriae, f.	*packing needle*
āmentum, ārmentī, n.	*loop, thong with loop*
argilla vitreāria, argillae vitreāriae, f.	*glazier's putty*
†artillātor, artillātōris, m.	*the gunner of a ship*
aureum mālum, aureī mālī, n.	*orange*
batillum, batillī, n.	*coal shovel*
blatta, blattae, f.	*chafer or beetle*
capis, capidis, f.	*jug, mug, tankard*
†cannō, cannōnis, f.	*cannon*
cinchōna, cinchōnae, f.	*Peruvian bark*
cochlear, cochleāris, n.	*spoon*
cōnfībula, cōnfībulae, f.	*clamp*
culter plicātilis, cultrī plicātilis, m.	*clasp-knife*
cūpa natāns, cūpae natantis, f.	*buoy*
cymba, cymbae, f.	*skiff*
dactylus, dactylī, m.; †datta, dattae, f.	*date (fruit)*
diaeta, diaetae, f.	*cabin of ship*
†dioscōrea, dioscōreae, f.	*yam*
forceps, forcipis, m.	*pincers*
forfex, forficis, f.	*shears, scissors*
frutex, fruticis, m.	*shrub*
furcilla, furcillae, f.	*table fork*

†grallātor, grallātōris, m.   *wading bird*
†grossulārius, grossulāriī, m.   *gooseberry*

hasta cunīculāria, hastae cunīculāriae, f.   *miner's pike*
helcium, helciī, n.   *harness, traces*
hōrologium, hōrologiī, n.   *clock or watch*

†ignipulta, ignipultae, f.   *gun*
īnfula, īnfulae, f.   *turban*

rēs jaculātōria, rēs jaculātōriae, f.   *gunnery*

lōdīx, lōdicis, f.   *blankets*
lōrīca, lōrīcae, f.   *(ship's) parapet, bulwark*

†macācus, macācī, m.   *monkey*
magis, magidis, f.   *rolling pin*

ōtis, ōtidis, f.   *bustard*

pessulus, pessulī, m.   *bolt*
podium, podiī, n.   *outjutting ledge, balcony*
prōspeculum, prōspeculī, n.   *small telescope*
†pistola, pistolae, f.   *pistol*
pulvis nitrātus, pulvis nitrātī, m.   *gunpowder*

riscus, riscī, m.   *rude box, chest*
rubus, rubī, m.   *bramble, blackberry bush*
rutābulum, rutābulī, n.   *coal rake*

†sagō, sagōnis, m.   *sago*
sapō, sapōnis, m.   *soap*
saccharum, saccharī, n.   *sugar*
scapha, scaphae, f.   *ship's boat*
scrīnium, scrīniī, n.   *dispatch box, desk*
sīnum, sīnī, n.   *bowl*
stēlliō, stēlliōnis, f.   *small lizard*
sublica, sublicae, f.   *pile, stake, support*
sūbula, sūbulae, f.   *bodkin, awl*
succīdia, succīdiae, f.   *slice*
sūcula, sūculae, f.   *windlass*
sūdārium, sūdāriī, n.   *pocket handkerchief*
sufferciō, suffercīre, suffersī, suffertus   *load (a gun)*
supparum, supparī, n.   *topsail*

tībiālis, tībiālis, f.   *stocking*
tollēnō, tollēnōnis, m.   *crane for lifting*
traha, trahae, f.   *sledge (dimin. †trahula)*
trochlea, trochleae, f.   *pulley (dimin. trochleola)*
tunica, tunicae, f.   *shirt*

vespertīliō, vespertīliōnis, m.   *(flying) bat*

zēa, zēae, f.   *maize*